本书是江西省社会科学"十三五"(2017年)规划项目"中国左翼文学的演进过程研究(1923—1949)"（项目编号：17WX16）的阶段性成果

中国左翼文学的演进过程研究

(1923—1949)

俞王毛 著

知识产权出版社
全国百佳图书出版单位
—北京—

图书在版编目（CIP）数据

中国左翼文学的演进过程研究：1923—1949 / 俞王毛著 . —北京：知识产权出版社，2023.4

ISBN 978-7-5130-8732-2

Ⅰ.①中⋯　Ⅱ.①俞⋯　Ⅲ.①左翼文化运动—文学研究　Ⅳ.① I209.6

中国国家版本馆 CIP 数据核字（2023）第 065647 号

内容提要

本书以中国左翼文学为研究对象，运用文学场理论和政治文化理论，从左翼作家的聚合、左翼文学的提倡、左翼文学合法性的确立等方面分析中国左翼文学的演进过程，考察左翼文学在不同演进阶段的发展情况和审美特征，以期厘清左翼文学的发展轨迹和演进原因，理性评价中国左翼文学所取得的成就。

本书可作为汉语言文学相关专业学生、教师及中国现代文学研究者的参考用书。

责任编辑：许　波　　　　　　　　　责任印制：孙婷婷

中国左翼文学的演进过程研究（1923—1949）
ZHONGGUO ZUOYI WENXUE DE YANJIN GUOCHENG YANJIU（1923—1949）
俞王毛　著

出版发行：**知识产权出版社** 有限责任公司		网　　址：http：//www.ipph.cn	
电　　话：010-82004826		http：//www.laichushu.com	
社　　址：北京市海淀区气象路 50 号院		邮　　编：100081	
责编电话：010-82000860 转 8380		责编邮箱：laichushu@cnipr.com	
发行电话：010-82000860 转 8101		发行传真：010-82000893	
印　　刷：北京中献拓方科技发展有限公司		经　　销：新华书店、各大网上书店及相关专业书店	
开　　本：720mm×1000mm　1/16		印　　张：13	
版　　次：2023 年 4 月第 1 版		印　　次：2023 年 4 月第 1 次印刷	
字　　数：170 千字		定　　价：78.00 元	

ISBN 978-7-5130-8732-2

目 录
CONTENTS

第一章

绪 论

曹丕在《典论·论文》中指出，"盖文章，经国之大业，不朽之盛事"。在中国传统社会中，像曹丕这样将文学看成经世致用的伟大事业的人不在少数。许多文人士子将文学看成关怀世事、干预政治的工具，写下了大量与社会政治有关的文学作品，远者如白居易的讽喻诗，近者如梁启超的政治小说。这些作品尽管形态各异，但都洋溢着关怀现实的热情。到了现代，虽然社会发生了巨大变化，仍有不少知识分子期望以文学之力影响社会政治，改变国家命运。中国现代左翼作家就是这样的知识分子。成立于1930年的中国左翼作家联盟在其《行动纲领》中明确宣称，"我们文学运动的目的在求新兴阶级的解放""我们的艺术不能不呈献给'胜利不然就死'的血腥的斗争"。❶左翼作家神圣的政治理想和敢于为之牺牲的勇气，在那些风雨如晦的日子犹如火焰划破黑暗，照亮中国的天空。左翼作家是这样说的，也是这样做的。有许多左翼作家，先是革命者，后来才成为作家；也有不少左翼作家一边进行文学创作，一边从事革命工作。中国左翼作家将文学写在灾难深重的中国大地上，他们自觉自愿地为社会最底层的人民大众呐喊，他们满怀希望地为中国社会的发展描画蓝图。许多左翼作家为了自己所选择的文学和革命事业辛苦辗转，殚精竭虑，柔石、殷夫等人甚至献出了年轻的生命。

左翼作家的革命理想与激情催生了一种新的文学样式——左翼文学。诚如论者所言，"现代中国革命文学的发生，源于现代作家精神主体强烈的社会意识和丰富的文化情怀"。❷熔铸了左翼作家社会意识和文化情怀的左翼文学绽放出别样的思想光芒。这也就是左翼文学作品充满批判力量与抗争精神的原因。我们所看到的左翼文学作品既表现出强烈的现实主义精神，也包含了浓厚的理想

❶ 陈瘦竹. 左翼文学运动史料 [M]. 南京：南京大学学报，1980：10.

❷ 杨洪承. 五四时代与现代中国革命文学的起源——以陈独秀、李大钊、张闻天、恽代英等现代作家为例 [J]. 学术界，2019（5）：23.

主义色彩。这些作品不仅记录了当时中国社会的污秽与伤痛，也记录了中国精神的坚韧与顽强；有对黑暗现实的奋力抗争，也有对光明未来的坚定信心。这些作品也许不能怡情悦性，却一定能够砭顽起懦。毋庸置疑，在中国社会发展过程中，左翼文学发挥过积极作用，左翼作家"经世致用"的期待在一定程度上得到实现。除了思想上的积极作用，左翼文学在艺术上也取得了明显成绩。虽然最初的左翼文学在艺术上显得粗糙，但随着左翼作家的不断学习和探索，左翼文学的艺术水平也在快速提升。20世纪三四十年代，出现了鲁迅的杂文，茅盾、赵树理的小说，郭沫若的历史剧，艾青的诗歌等代表性作品，这些作品有力地证明，左翼文学不仅在思想上，而且在艺术上都是当之无愧的现代文学高峰。当然，也有不少左翼文学作品与社会政治紧密纠缠在一起，而未曾兼顾文学自身，从而失去了自由精神和审美品格，这成了左翼文学无法讳言的缺憾。

今天，催生左翼文学的那个血与火的时代早已成为过去，但左翼文学的现实主义精神依然在延续，左翼文学的思想和艺术依然在影响着今天的文学和文化。我们需要不断回首那段岁月，去探索左翼文学生成和发展过程中的经验和教训，去感受左翼作家的激情和梦想，为当下的文学提供思想和艺术资源。

左翼文学研究在左翼文学发生之日即已开始，至今从未间断。新时期以来，左翼文学的相关研究逐步走向客观和深入，取得了较好的成绩。具体而言，新时期以来的左翼文学研究主要集中在以下几方面。

一是对左翼文学思潮的研究。朱晓进在《政治文化与中国 20 世纪 30 年代文学》中将左翼文学思潮纳入中国特殊的政治文化语境加以考察，揭示了左翼文学思潮得以迅速发展的文化原因，令人信服地指出政治文化对左翼作家的聚合和左翼文学的发展所起的决定性作用。❶ 艾晓明的《中国左翼文学思潮探

---

❶ 朱晓进. 政治文化与中国 20 世纪 30 年代文学 [M]. 北京：人民出版社，2006.

源》将中国左翼文学运动与世界红色文学思潮相联系，深入阐释了中国左翼文学思潮的世界政治和文化背景，指出了中国左翼文学思潮的特征和意义。❶林伟民的《中国左翼文学思潮》论述了左翼文学运动的具体内容，分析了 20 世纪二三十年代左翼文学对延安文学的影响。❷

二是对左翼文学特征的研究。王寰鹏将左翼文学的主题和风格概括为"英雄叙事"，并对英雄主义的价值追求和叙事动力进行论证。❸田丰关注左翼乡土小说的主题及其表现方式。❹王学振以抗战文学中的空袭题材为个案考察左翼作家的抗战书写，他指出，左翼作家的抗战书写中存在民族主义、人道主义和无产阶级意识等多种思想和观念，它们相互交织，互相抗衡，使左翼文学中的抗战书写变得复杂。❺

三是对左翼书刊的研究。左文的《非常传媒——左翼期刊研究》聚焦数十种左翼期刊，对其生存困境、生存对策和生存形态作了系统研究。❻卢妙清的《成仿吾与〈文化批判〉》考察后期创造社的重要期刊《文化批判》的创办过程，分析成仿吾对于《文化批判》的诞生、办刊方向及思想特征的形成所起的作用。❼汤灿的硕士论文《〈创造月刊〉1926—1929——创造社文化特征的转换与中国的文化创造》论析了左翼期刊《创造月刊》的编辑思想、文化取向、刊物对革命文学理论的理解等内容。❽

---

❶ 艾晓明. 中国左翼文学思潮探源 [M]. 长沙：湖南文艺出版社，2007.

❷ 林伟民. 中国左翼文学思潮 [M]. 上海：华东师范大学出版社，2005.

❸ 王寰鹏. 左翼到抗战：文学英雄叙事的当代阐释 [D]. 济南：山东师范大学，2005.

❹ 田丰. 左翼乡土小说家庭伦理视阈下的革命想象 [J]. 文艺争鸣，2015（11）.

❺ 王学振. 左翼作家的抗战书写——以空袭题材为例 [J]. 海南师范大学学报（社会科学版），2015（8）.

❻ 左文. 非常传媒——左翼期刊研究 [M]. 北京：北京出版社，2010.

❼ 卢妙清. 成仿吾与《文化批判》[J]. 汕头大学学报，2012，28（5）.

❽ 汤灿.《创造月刊》1926—1929——创造社文化特征的转换与中国的文化创造 [D]. 汕头：汕头大学，2008.

四是对左翼阵营重要作家的研究。王嘉良的《地域文化视野中的左翼话语——浙东左翼作家群论》论述了以鲁迅、茅盾为首的浙东左翼作家群的独特话语方式，指出这些作家作品丰富了左翼文学内涵，提升了左翼文学品位。❶陈国恩、陈昶的《从"游民"到左翼作家——论艾芜 20 世纪 30 年代的创作》分析了艾芜成为左翼作家的经过与艾芜左翼文学作品的独特审美价值。❷此外，这类研究还有李华的《鲁迅与左翼文学运动》、彭维锋的《欧化文艺与左翼文学：瞿秋白的"五四"批判》等。

五是对左翼文学的发展过程的研究。陈红旗《中国左翼文学的发生：1923—1933》论述左翼文学的产生过程，指出在"文学革命"口号力量衰竭后，中国进步文艺界人士酝酿了新的"革命文学运动"，经过一系列文学创作和论争，至 1930 年代前期实现了"生成"。❸杨洪承考察现代中国左翼文学的起源情况，他指出，左翼文学的起源和"五四时代"中国思想革新的重要文化历史语境，以及陈独秀、李大钊等具有强烈忧患意识和社会关怀的知识分子密切相关。左翼文学的生成既是顺应历史社会政治革命大潮的结果，也是中国现代多元思想资源聚合和建构的结果。❹范军、刘晓嘉的《生活史视域下的左翼文学出版》从出版的角度考察左翼文学的发展因由和发展方式。文章指出，20 世纪 30 年代作者、出版者、读者的日常消费生活、日常交往生活和日常观念生活深刻地影响了他们的创作、传播和阅读方式，最终促成了左翼文学的繁盛。❺

今天，左翼文学研究已经成为一门显学。研究者从多个方面对左翼文学进

❶ 王嘉良. 地域文化视野中的左翼话语——浙东左翼作家群论 [J]. 文学评论，2006（6）.

❷ 陈国恩，陈昶. 从"游民"到左翼作家——论艾芜 20 世纪 30 年代的创作 [J]. 江汉论坛，2013（4）.

❸ 陈红旗. 中国左翼文学的发生：1923—1933 [M]. 广州：暨南大学出版社，2010.

❹ 杨洪承. 五四时代与现代中国革命文学的起源——以陈独秀、李大钊、张闻天、恽代英等现代作家为例 [J]. 学术界，2019（5）.

❺ 范军，刘晓嘉. 生活史视域下的左翼文学出版 [J]. 现代出版，2022（6）.

行探索，并且取得了重要成绩，也留下了一定的研究空间。例如，当前的左翼文学研究还不够全面和系统，尤其是对其演进过程中的影响因素、文学观念和审美风格的发展变化的研究还不够深入。又如，对左翼作家如何通过论争、出版、聚会等方式确立左翼文学合法性的研究也较为缺乏。

本书研究左翼文学形成和发展的历史过程，期望通过解答以上问题，为左翼文学研究的发展提供一份助力。中国左翼文学的发源地是上海，随着左翼文学影响的扩大和中国社会革命事业的发展，全国多个地区都有了左翼文学的足迹。为了研究上的便利，本书主要以20世纪20年代前期至中华人民共和国成立之前上海、延安的左翼文学为研究对象，其中，上海的左翼文学运动尤其是本书研究的重中之重。通过全面考察左翼文学的出现背景、左翼作家的聚合情况和文学活动，本书将在力所能及的范围内厘清左翼文学的发展轨迹和演进原因，理性评价左翼文学在这一过程中取得的成就。本书的研究的目的与意义主要体现在：第一，通过研究左翼文学阵营、文学理论、文学创作的发生和演进过程，进一步理解左翼文学的特征和贡献，客观评价左翼文学在现代文学史上的地位；第二，综合运用政治文化理论、文学场理论、文本细读理论等理论和方法对左翼文学演进过程加以观照，促进现代文学研究理论的更新和方法的拓展，为现代文学研究开拓新的空间；第三，通过对左翼文学演进过程的研究和发展规律的揭示，为当前的社会主义文学提供思想资源和艺术借鉴，促进当前的文学生产。

为了实现研究目标，本书设置了如下研究框架。

本书共分七章，除第一章绪论和第七章结论外，核心章节完整地研究了左翼文学的四个发展阶段。第二章研究萌芽期，即1923年至1927年的左翼文学，第三章研究发展期，即1928年至1929年的左翼文学，第四、第五章研究兴盛期，即左联成立到左联解散时的左翼文学，第六章研究变化期，即抗战开始后到中华人民共和国成立前的左翼文学。我们期望能够通过研究各阶段左翼文学的发展情况，整体把握左翼文学的演进过程。

第二章主要阐述社会革命的追求对左翼文学之萌生所起到的促进作用。本章将左翼文学的萌生看成一个动态的复杂过程，指出左翼文学与五四文学的联系和区别，分析其产生的社会背景和文学基础。本章旨在说明，左翼文学的发生则可以追溯到1923年。其时，文学研究会和创造社为文坛主流，前者主张"为人生"的艺术，更多关注社会的问题；后者主张文学为艺术，更多关注个人的悲喜。这两派都怀抱启蒙的理想，追求为人生、为社会、为个人的"人的文学"，其作品闪耀着批判的锋芒。与此同时，一种新的社会文化思想悄然出现并发展壮大，那就是以中国共产党为代表的对社会革命的要求和实践，这种要求和实践影响着文学观念和文学创作，追求革命、表达反抗的左翼文学就在这样的情形下渐次生发。

第三章主要分析左翼力量的凝聚在左翼文学思潮形成过程中的决定性作用。中国左翼文学思潮，是指以追求革命和进步的作家为创作主体、以表达革命意愿和反抗精神为主要内容的文学思想和文学创作潮流。1923—1927年左翼文学所迸发的星星之火，在1928年引发燎原之势。1928年年初至1929年年底，以共产党员作家为主的太阳社和后期创造社在独特的文学生产环境中，积极进行结社、办刊、理论建构、文学创作等活动。在此过程中，左翼文学思潮得以形成。

第四章分析革命文学论争与左翼文学合法性的确立之关系。论争是重要的文学机制。在左翼文学发展过程中，文学论争发挥着重要的作用。1928年至1929年是左翼文学发展的关键期。在这两年中，左翼作家与鲁迅、茅盾、郁达夫等五四作家发生过激烈的论争，其中，与鲁迅的论争最为复杂和持久。左翼作家认为，鲁迅等五四作家及其作品是落伍的，无法表现新时代，左翼文学才是代表新时代的文学。在论争过程中，左翼作家通过划分身份等级区分不同作家及其文学作品的价值，通过彼此呼应造成声势。借助于革命文学论争，左翼文学获得了可观的话语权力。此外，在论争过程中，左翼作家加大了文学创作和理论建构力度，取得了较为明显的文学成绩。左翼文学的合法性由此得到确立。

第五章分析中国左翼作家联盟（以下简称"左联"）的成立对左翼文学发展的巨大推动作用。左联成立于 1930 年 3 月 2 日，至 1936 年春自动解散。左联成立后，中国左翼文学翻开了新的一页。在这一段时间内，左翼文学呈现出强劲的发展势头，在期刊创办、作家发展等方面都有重要收获。左联时期的左翼文学理论达到了新高度，对文艺大众化、左翼文学创作方法等诸多重要问题进行了讨论和回答。左联时期，最令人瞩目的是左翼文学创作，其中小说的成绩最为出色，小说之外，杂文、诗歌、戏剧也各有收获。这个时期的左翼文学作品以反抗压迫、追求光明为主要内容，同时注意锤炼写作艺术，以独特的英雄主义和理想主义色彩成为 20 世纪 30 年代文学的强音。

第六章分析 20 世纪 40 年代左翼文学的发展与嬗变情况。1937 年至 1949 年，炮火硝烟笼罩着中国大地。时代的特征影响着左翼文学的特征。左翼文学在解放区、国统区和上海"孤岛"得到进一步发展，并因不同区域的政治形态、文化思想而呈现出不同的特征。20 世纪 40 年代，左翼文论家和作家依然非常重视左翼文论建设。左翼文论家和作家对文学的性质与功能、文艺大众化、文学的民族形式、文学与战争的关系等问题进行了重新思考。毛泽东和胡风是 20 世纪 40 年代最重要的左翼文论家。两位理论家都建构了独具特色的左翼文论体系，代表了左翼文论的新高度。20 世纪 40 年代的左翼文学作品呈现出新样态，主要表现为：从内容上看，战争和革命成为左翼文学叙事抒情的中心；从主题上看，左翼文学主要表现战争、革命的残酷与国家、民族前途的光明；从表现形式上看，大众化成为左翼作家的共同追求，但在不同的区域和不同的作家作品中，文艺大众化的表现有着明显的差别。

第二章

社会革命的追求与左翼文学的发生

左翼文学是现代重要的文学现象。所谓左翼，指的是在学术、思想、文艺、政治等方面主张激进的一派。中国左翼文学，是指萌芽于1923年，结束于1949年的反映作家社会变革愿望和革命追求的文学思潮。

左翼文学思潮以1928年革命文学的勃兴为标志。左翼文学的发生则可以追溯到1923年。其时，文学研究会和创造社为文坛主流，前者主张"为人生"的艺术，更多关注社会的问题；后者主张文学为艺术，更多关注个人的悲喜。这两派都怀抱启蒙的理想，追求为人生、为社会、为个人的"人的文学"，其作品闪耀着批判的锋芒。文学研究会与创造社都有变革社会的愿望，不过，作家们对于要创造什么样的社会是颇为迷茫的，他们的作品里展示了许多病态的、灰色的生活情景，但无法指出前路，因而这些作品格调沉凝，情绪悲郁。究其原因，是作家们有着改革社会的热情，却没有明确的改革目标，也缺乏坚实的改革力量。与此同时，一种新的社会文化思想悄然出现并发展壮大，那就是以中国共产党为代表的对社会革命的要求和实践，这种要求和实践影响着文学观念和文学创作，追求革命、表达反抗的左翼文学就在这样的情形下渐次生发。

第一节　早期左翼文学发生的环境

早期左翼文学的发生，是一批富有社会责任意识的左翼作家和理论家在特定历史条件下主动追求的结果。这些左翼文学先驱希望借文学来鼓动人心、变革社会，他们将文学看成可以承载新思想的工具。中国现代文学从发生起，就没有真正成为"为艺术而艺术"的存在，绝大部分作家都期望文学能够影响人心和社会。1923年前后，中国社会革命情绪高涨，中国共产党领导的工人运动风起云涌，中国国民党在孙中山的领导下进行改组，国共两党进行了第一次合作。1924 年起开始了轰轰烈烈的大革命。这样的政治和文化环境促成了文学的左转。

一、催生左翼文学的社会历史环境

文学从来不是孤立的现象。文学思潮的形成固然是文学自身发展的结果，但文学发展的方向、方式和时机，往往与具体的社会历史环境有着极大的关系。为了理解左翼文学发生的原因及其萌芽期的特征，我们需要理解催生左翼文学的社会历史环境。

左翼文学萌生于 1923 年，此时的中国已经推翻了封建满清王朝，终结了统治中国数千年的君主专制制度，建立了民国。然而，中国革命远未成功。民国名义上是民主共和国，实质上是半殖民地半封建国家，外有帝国主义列强虎视眈眈，内有封建军阀势力割据称雄。中国民众长期生活于动荡不安之中，物质贫乏，精神贫弱。积贫积弱的中国呼唤变革，众多的政治家、革命家、知识分子和普通民众都在思考中国社会出路问题。代表资产阶级的民国政府坚持进行民主革命，与此同时，部分思想先进的革命者找到了更加合适的思想武器和革命范本，那就是马克思列宁主义和苏联的无产阶级革命。十月革命的一声炮响，给中国送来了马克思列宁主义。率先将马克思主义与中国革命道路结合起来思考并进行正面宣传的是李大钊。从 1918 年 7 月起至五四运动前夕，李大钊先后发表了《法俄革命之比较观》《庶民的胜利》《Bolshevism 的胜利》等文章，他准确地指出十月革命的社会主义革命性质，热烈地预言："试看将来的环球，必是赤旗的世界！" ❶ 李大钊帮助中国人较为系统地了解马克思主义学说，五四运动则促进了马克思主义在中国的传播。五四运动培养了一批革命运动骨干，也

---

❶ 李大钊. Bolshevism 的胜利 [J]. 新青年，1918，5（5）.

为中国共产党的成立准备了条件。1921 年 7 月，中国共产党诞生。随着这个以马克思列宁主义为指导的全新政党登上中国政治舞台，中国社会的革命运动进入了新的历史阶段。

中国共产党最初致力于国民革命。1923 年 6 月，中国共产党第三次全国代表大会提出"国民革命"思想，正式确定与孙中山领导的中国国民党建立革命统一战线的方针。1924 年 1 月，孙中山在中国共产党帮助下主持召开有共产党人参加的国民党第一次全国代表大会，确立联俄、联共、扶助农工的三大政策，改组国民党，实现第一次国共合作。轰轰烈烈的"国民革命"即"大革命"就此展开。大革命的对象是帝国主义和军阀。大革命持续了三年多。在这个过程中，中国共产党不断发起工人运动和农民运动，积极参与北伐，展示了自身的伟大力量。1927 年，蒋介石和汪精卫先后叛变革命，第一次国共合作破裂。

尽管大革命失败了，但这个革命时代为左翼文学的萌生创造了条件。首先，中国共产党在大革命中展示了大无畏的革命精神，证明了马克思主义理论的先进性，在民众心中播下了无产阶级革命的火种，有效激发了民众的革命热情，吸引大量民众投身革命。早期共产党人重视文化和文学工作，也非常看重作家的革命家身份，甚至将参加革命工作看作获得左翼作家身份的必要条件。中国共产党本身的革命性和对作家革命身份的看重，吸引了部分作家投身革命，或者思考文学与革命的关系问题。例如，原本属于浪漫主义诗人的创造社元老郭沫若，就在时代的感召下参加了北伐战争，并在革命中加入了中国共产党。参加革命的经历使郭沫若从浪漫主义作家转为左翼作家。创造社的成仿吾、郁达夫，以及殷夫、李初梨等青年作家，也都在积极思考文学与革命的关系问题并选择了左翼文学。从这个意义上说，大革命为左翼文学培养了最初的作家队伍。其次，大革命为左翼文学提供了思想资源和创作材料。中国左翼文学运动是在中国共产党的领导下开展的，多数左翼作家是共产党员。中国共产党的革命意志和革命精神成为左翼文学的思想资源。作家和理论家在论述左翼文学的必要性和左翼文学发生的必然性时，往往援引相关革命思想和革命现实。如郭沫若写于 1926 年的《革命与文学》一文指出，"每逢革命的时期，在一个社会里面，至少是有两个阶级的对立"，每个阶级都有自己的代言人，站在被压迫阶级的人会赞成革命，其所做出来的文学或者所欣赏的文学自然是替被压迫阶级说话的革命的文学。❶ 郭沫若从社会发展和阶级对立的角度论证革命文学发生的必然性，其立论的依据正是当时国际、国内无产阶级革命思想和中国社会革命的现实。大革命还为左翼文学提供了丰富的创作材料。蒋光慈、张闻天、瞿秋白等早期左翼作家对中国革命的最初想象建立在大革命的基础之上，他们在小说和诗歌中艺术地再现了革命斗争中可歌可泣的人与事。例如，蒋光慈发表于 1926 年的小说《少年漂泊者》描写了中国共产党领导的京汉铁路工人大罢工、国民革命军攻打惠州城等真实的革命事件，整部小说充满了革命时代的斗争精神和英雄气息。最后，大革命为左翼文学准备了读者。轰轰烈烈的大革命造成了奋斗、进取的时代精神，培养了大众的爱国情感，激发了民众对革命的想象。不少人渴望通过文学作品来认识这个新的革命的时代，来寻求立身处世的道理，来探索救国救民的道路。他们成了左翼文学的忠实读者，他们因阶级、斗争、牺牲、胜利等名词而激动，因可歌可泣的革命故事而感奋。随着社会革命的发展，热爱左翼文学的读者越来越多，左翼文学在读书市场中逐渐占据了有利的地位。

二、"文学有用论"下的作家心态

"有所为而作"是中国文学的传统。无论是《公羊传·宣公十五年》所说的"饥者歌其食，劳者歌其事"，还是白居易所说的"文章合为时而著，歌诗

---

❶ 郭沫若. 革命与文学 [M] // 郭沫若全集·文学编（第 16 卷）. 北京：人民文学出版社，1989：34-35.

合为事而作"，以及更为著名的古代士大夫的"文以载道"说，都表明中国古典文学是负重前行的。中国现代文学的发生也与民国成立之后中国积贫积弱的社会状况和落后保守的思想文化有着密切关系。文学革命的首倡者胡适指出："吾以为文学在今日不当为少数文人之私产，而当以能普及最大多数之国人为一大能事。吾又以为文学不当与人事全无关系。凡世界有永久价值之文学，皆尝有大影响于世道人心者也。"❶胡适期望文学能普及于最大多数之国人，期望文学能对世道人心有重大影响。他将"须言之有物"作为文学改良"八事"之首，可见他对文学之事功的看重。胡适所说的"物"不同于古人"文以载道"的"道"。在胡适笔下，"道"是新文化运动和文学革命所要抛弃的封建思想之糟粕，"物"则是现代人的思想和情感，以及现代家庭、社会、人生的实在情形。虽然胡适之"物"与古人之"道"在内容上差别极大，但在希望文学能够有所作为、有所承担这一点上，胡适与古人的观念是相通的，也可以说，胡适的"物"是注入了新思想新内容的"道"。不仅胡适看重文学的现实功用，《新青年》的其他同人陈独秀、鲁迅、周作人、钱玄同、刘半农等都期望文学能够有益于世道人心。例如，鲁迅投身文学的初衷就是为了以文学改变国民的精神。关于这一点，鲁迅有过多次说明，《〈呐喊〉自序》是其中的名篇。在这篇序言中，鲁迅围绕"文学有用与否"讲述自己创作小说的缘起：在留学日本期间，为了改变国民的精神，鲁迅决心弃医从文，怀着改良社会的热情与几位同志一起创办《新生》杂志。后来，《新生》因种种原因不了了之，鲁迅回国后找不到改造社会人生的途径，只好以抄古碑来驱除寂寞。抄古碑的鲁迅已经放弃了文学有用的想法，也基本上放弃了文学。鲁迅文学思想的改变得益于老朋友钱玄同的棒喝。钱玄同在拜访鲁迅时，劈头问出"你抄了这些有什么用"的话，希望他振作起

---

❶ 胡适. 胡适留学日记（下）[M]. 安徽教育出版社，2006：250.

来,为《新青年》写点文章。鲁迅以著名的"铁屋子"的比喻来说明不写的原因。钱玄同则坚持认为文学有用,他告诉鲁迅："然而几个人既然起来,你不能说决没有毁坏这铁屋的希望。"❶在钱玄同的鼓励下,鲁迅重新拿起了笔。自此直至生命的最后一息,鲁迅一直积极写作,期望以文学干预社会,改良人生。事实上,在此后的文学生涯中,鲁迅确实以犀利而有情的文笔实现了干预社会、改良人生的初衷。鲁迅的小说、杂文、散文和散文诗全部是有所为而作,他的所有作品都承载着他对社会和人生的严肃思考。

其他五四作家的从文之路大都没有鲁迅这样曲折,但以文学"启蒙大众"是他们共同的坚持。以鲁迅为代表的《新青年》同人是如此,提倡"为人生而艺术"的文学研究会、主张"为艺术而艺术"的创造社也是如此。文学研究会指出："我们相信文学是一种工作,而且又是于人生很切要的一种工作。"❷文学研究会作家关注人生和社会,他们创作了许多"问题小说",期望以文学来发现和解决社会问题。郁达夫、郭沫若等创造社作家侧重于表现自我,但同样渴望以文学促成祖国强盛、社会发展、民众觉醒。郭沫若、郁达夫等作家所表达的绝不止个我的悲欢,他们的作品在表现自我的同时也在探索着社会人生。可以说,"文学有用"是五四作家的共识。因此,五四文学多是有所为而作。鲁迅的《狂人日记》以独特的文字揭露社会"吃人"的本质;文学研究会的问题小说篇篇指向社会的沉疴;郭沫若的诗集《女神》中不少诗篇批判当时中国社会的黑暗,畅想祖国的新生;郁达夫的《沉沦》发出了希望祖国富强起来以拯救其子民的呼告;《语丝》散文锐意进行社会批评和文明批评。五四作家的这些作品充满批判精神和理性光辉,在社会人生方面发挥了积极的作用。他们引导读者以理性的眼光打量社会,反思自身,发现并正视社会和自我的弱点,并进

❶ 鲁迅. 自序 [M] // 鲁迅全集（第1卷）. 北京：人民文学出版社, 2005：441.

❷ 文学研究会宣言 [J]. 小说月报, 1921, 12（1）.

行积极的补救。冰心的问题小说《超人》所引起的反响很好地说明了这个问题。《超人》1921 年发表于《小说月报》。小说写了冷心肠的青年何彬在"爱"的感召下的转变。何彬最初对一切都冷漠，不愿意与人交往，也不喜欢所有有活力的东西。一天深夜，何彬被小朋友禄儿凄惨的呻吟声打扰，想到了母亲、繁星与鲜花。为了获得安静，他出钱给病人看病。禄儿痊愈后，对他表达了真诚的感谢。母亲、自然和童心深深打动了何彬，使他深切地感受到人与人之间那种可贵的爱与牵连。这篇小说提出了一个当时青年很关心却又比较疑惑的问题：支配人生的，是爱还是憎？小说发表后，在青年读者中产生了极大的影响，读者们纷纷给作者冰心和《小说月报》写信，表达对这篇小说的喜爱，对人生问题的思考，以及对解答了他们疑问的作者的感谢。从《超人》的阅读情况可以看出，五四文学确实在改良人生方面发挥了功用。

五四作家所秉持的"文学有用论"为革命文学观念的萌生奠定了思想基础。新文学作家们对于文学的设想首先不是从艺术出发，而是从社会需要出发。因此，作家们对文学之作用的看法会随着社会情势的变化而调整。五四时期，作家们认为，当时文学所面对的主要社会问题是政治的混乱和腐朽，文化的保守与落后，人性的怠惰与愚昧，生活的困顿与苦难。因此，此时作家们将文学的功用设定为思想启蒙，希望借文学"改良这人生""揭出病苦，引起疗救的注意"。❶ 几年后，随着社会情势的变化，社会革命的需要得到凸显，部分作家对文学之作用的看法也随之调整。他们希望借文学揭露社会的黑暗，助推社会革命。这样的思路其实与坚持文学启蒙功能的思路是相通的，因为二者对于文学的要求都是工具性的，二者的区别在于对社会情势和文学工具类型的认识。这些坚持"文学有用论"的作家一旦认为社会革命的需要压倒了启蒙的需要，

---

❶ 鲁迅. 我怎么做起小说来 [M] // 鲁迅全集（第 4 卷）. 北京：人民文学出版社，2005：526.

他们对文学角色和功能的定位就会自然地从启蒙转向革命。事实上，数年后，启蒙文学的代表作家郭沫若、成仿吾、茅盾、鲁迅、郁达夫等先后左转，成为左翼文学的中坚力量。

三、国外左翼文学思想的输入对中国左翼文学的催生作用

五四是一个多元开放的时代，知识分子们视野非常开阔，不同的知识分子根据自己对中国国情的认知和对中国未来的设想，从不同的国度择取不同的文学资源和思想资源，并将这些资源输入国内。在新文化运动开启之后，中国作家和理论家即开始了多向度的文学输入。新文化运动最初着力请进的是"德先生"和"赛先生"，相应地，文学上的输入以西方批判现实主义文学为主。中国共产党成立前后，马克思列宁主义在中国迅速传播，体现马克思列宁主义思想的国外左翼文学逐渐引起中国作家的重视，成立不久的社会主义国家苏联的文学作品和文学理论被大量介绍到国内，德国、美国、日本等国的左翼文学也被我国作家相机择取。这些国外左翼文学对中国左翼文学的发生产生了直接的影响。

1920年，郑振铎翻译了高尔基（哥尔基）的《文学与现在的俄罗斯》，译文登载于《新青年》。高尔基此文的核心观点是"文学是永久革命的"。郑振铎如此介绍高尔基的作品："我们由此可以更了解布尔塞维克，知道他们不是'文化的破坏者'，乃是'文化的拥护者，创造者'。无论哪一个国家没有比他更具有拥护的热忱，与创造的力量的。"❶郑振铎将布尔什维克称为"文化的拥护者、创造者"，热情地赞美他们对社会文化的推动作用，这样的正面介绍促进了中国读者对高尔基和苏联文学的重视。此期《新青年》上，还有李少穆译的高尔

---

❶ 哥尔基. 文学与现在的俄罗斯 [J]. 郑振铎，译. 新青年，1920，8（2）.

基演说——《哥尔基在莫斯科万国大会演说》。在这篇演说中，高尔基称赞十月革命后的俄国工人"将社会主义的理想见诸实行，并且用大规模的方法做成功，这乃是第一次的确实的经验"。译者对高尔基作了如下介绍："是一个工人出身热心劳动运动的革命家，文名和托尔斯泰相等。"❶ 托尔斯泰是 19 世纪俄国最伟大的作家，其作品《战争与和平》《安娜·卡列尼娜》《复活》代表了 19 世纪俄国文学的最高成就。托尔斯泰在 20 世纪初就被介绍到中国，为中国作家和读者所熟知。李少穆将高尔基与托尔斯泰相提并论，表达了对作为左翼作家的高尔基的文学成就的推崇。高尔基是苏联早期无产阶级文学的代表作家，对高尔基其人其文的介绍为中国读者打开了一扇新的窗子，使中国读者初步了解苏联左翼文学的样貌。这两篇作品都登载于《新青年》这个文学革命的发源地，其影响自然不可小觑。

文学研究会的会刊《小说月报》在译介国外左翼文学方面用力更勤。《小说月报》1920—1923 年由茅盾主编。茅盾是最早的一批中共党员，在提倡"为人生"的艺术的同时，十分关注世界无产阶级左翼文学的发展情况。他主持的"海外文坛消息"栏多次报道或介绍国外左翼作家作品。如，《小说月报》第 12 卷第 6 号上的"海外文坛消息"所登文章为《德国的无产阶级诗与剧本》，第 12 卷第 8 号上的"海外文坛消息"登载了介绍苏联诗坛现状的《劳农俄国的诗坛之现状》，第 14 卷第 6 期该栏目登载了《俄国革命的小说》。1921 年 9 月，《小说月报》第 12 卷号外《俄国文学研究》出版。号外共刊载苏联文学相关论文 20 篇，苏联文学作品 29 篇，附录 4 篇，其中有高尔基的《高原夜话》和《鹰》，还有《国际歌》（标题译作《赤色的诗歌》），主要的翻译者为茅盾、郑振铎、周建人、鲁迅、周作人、耿济之、陈望道等。这期号外对苏联文学尤其是高尔基的文学成就介绍得十分详细，使中国读者能够较为深入地了解苏联文学的创作

---

❶ 哥尔基. 哥尔基在莫斯科万国大会演说 [J]. 李少穆，译. 新青年，1920，8（2）.

情况，真切感受苏联文学所体现的苏联无产阶级革命精神和马克思主义精神。《小说月报》还发表了多篇翻译的国外左翼文学相关论文和作品，如第 13 卷第 8 号有沈泽民译法国作家雅克·梅尼（Jacques Mesnil）的论文《新俄艺术的趋势》，第 12 卷第 5 号有理白译美国作家杰克·伦敦的短篇小说《豢豹人的一个故事》，第 12 卷第 6 号有孙伏园译高尔基短篇小说《我们二十六个和一个女的》等。

五四时期，除了《小说月报》，《文学周报》《东方杂志》《民国日报》副刊《觉悟》《新青年》季刊等也都登载了国外左翼文学的相关介绍和作品。对于五四时期的中国作家来说，国外左翼文学是一种新兴的文学样态。对国外左翼文学的持续介绍给正在进行"人的文学"写作的中国作家带来了冲击和启示。

中国现代革命实践，以及由此推动的革命文化思潮为中国左翼文学的萌发奠定了思想基础。在改变了的时代的召唤下，那些以天下为己任、忧时伤世的中国作家开始重新思考"文学有何用""文学当何为"等问题，苏联、美国等的左翼作家和左翼文学则给寻找新的文学样式的中国作家提供了范本。在这样的社会文化环境中，部分作家在文学观念上逐渐左转，开始建构中国的左翼文学理论，并尝试进行左翼文学创作，中国现代左翼文学逐渐萌发。

第二节　早期左翼作家的聚合与左翼文学理论的建构

1923 年起，一批倾向革命的作家和关注文学的革命家开始提倡左翼文学。他们创办期刊，成立社团，积极凝聚左翼文学的力量。与此同时，这些早期左翼作家不断引入国外左翼文学理论，并以其为资源进行中国左翼文论的最初建构，由此在文学场发出自己的声音。

一、早期左翼作家的聚合

中国现代较早旗帜鲜明地提出进行左翼文学创作的是创造社作家和早期共产党人作家。1923 年 5 月 27 日，创造社的郭沫若和郁达夫在创刊不久的《创造周报》第 3 号发表文章提倡左翼文学。郭沫若的文章题为《我们的文学新运动》。郭沫若在文中提出："我们现在对于任何方面都要激起一种新的运动，我们于文学事业中也正是不满足于现状，要打破从来因袭的样式而求新的生命之新的表现。"他大声疾呼，"我们反抗资本主义的毒龙""我们的运动要在文学之中爆发出无产阶级的精神"。❶郁达夫的文章题为《文学上的阶级斗争》。该文称引马克思的名言"自有文化以来的社会史，所记录者不过是人类的阶级斗争而已"，他指出文学上阶级斗争的必然性，认为文艺应该为阶级斗争增长力量。❷郭沫若的文章旗帜鲜明地提出了反抗资产阶级、支持无产阶级的文学主张，郁达夫则初步论述了文学作为阶级斗争工具的属性。此时郭沫若和郁达夫还没有深入思考左翼文学问题，没有明确提出革命文学或无产阶级文学的名称，但他们二人都预感到文学将要和阶级斗争产生紧密关联，文学将会成为无产阶级与资产阶级斗争的重要工具。在未来的三四年中，郭沫若对左翼文学的思考逐渐深入，陆续发表了《孤鸿——给芳坞的一封信》《艺术家与革命家》《文艺家的觉悟》《革命与文学》等文章，进一步丰富了左翼文学理论。在此后的文学生涯中，郭沫若一直坚持左翼文学理论，并以大量文学作品支撑这些理论主张。郭沫若的左翼文论建设和左翼文学创作实践产生了广泛影响，他也因为这些努力成为左翼文学的核心力量之一。郁达夫此后对左翼文学也作了较多探索。1927 年，郁达夫发表的《无产阶级专政和无产阶级文学》中指出，"真正无产阶级的文学，必

---

❶ 郭沫若. 我们的文学新运动 [J]. 创造周报，1923（3）.

❷ 郁达夫. 文学上的阶级斗争 [J]. 创造周报，1923（3）.

须由无产阶级自己来创造"。● 郁达夫在此文中明确回答了左翼文学由谁写的问题，也表明了对左翼文学的信仰。尽管由于性格、观念和人事等方面的原因，郁达夫与左翼文学阵营的关系几经反复，但他一贯支持左翼文学，最终作为一位抗日文化人士牺牲于南洋。由此可知，郭、郁二人1923年的左翼文学观念，并非一时的心血来潮，而是深思熟虑之后的结果，这样的观念为他们今后一生的文学活动奠定了基础。同属创造社的成仿吾也是早期左翼作家。1926年，成仿吾发表的论文《革命文学与他的永远性》强调文学"要紧的是所传的感情是革命的"。● 他的观点与郭沫若、郁达夫的观点互相呼应。此后，成仿吾持续进行左翼文学理论的建构，发表了数篇重要的文章。此外，成仿吾还东渡日本，联络李初梨、冯乃超等留日青年学生，和他们一起讨论左翼文论，邀请他们回国进行左翼文学建设。创造社不少作家受郭沫若等人的影响，逐渐开始转向左翼文学创作，如王独清、段可情等年轻的创造社成员此期都成了左翼作家，李初梨、冯乃超等也于1927年回国，成为创造社的新鲜血液。创造社的作家们以《创造月刊》《洪水》等期刊为依托，发表文章，联络同道，成为中国早期左翼文学的重要力量。

在郭沫若、郁达夫提出建设左翼文学之后不久，面对革命形势的发展和"文学拯救社会无力"的现象，张闻天、邓中夏、恽代英、萧楚女、沈泽民、蒋光慈等早期共产党人开始大力提倡并持续建设左翼文学。1923年及之后的两三年中，这批共产党人作家在建设左翼文学方面极为用心，在左翼文学的理论建构和实际创作方面成绩突出。他们成立社团，依托报刊，积极宣传左翼文学主张，构建左翼文学理论，创作左翼文学作品，成为中国左翼文学的另一批先驱者。

早期共产党人主要依托《中国青年》和《民国日报》副刊《觉悟》建设左翼文学。《中国青年》是早期左翼文学的重要阵地。这个期刊创办于1923年

● 曰归. 无产阶级专政和无产阶级文学 [J]. 洪水，1927，3（26）.

● 成仿吾. 革命文学与他的永远性 [J]. 创造月刊，1926，1（4）.

10月，是共青团中央机关刊物，恽代英为第一任主编，林育南、邓中夏、萧楚女、任弼时、张太雷、李求实等都担任过编辑。《中国青年》创办不久就开始提倡左翼文学。这个期刊上发表的相关理论文章主要有：秋士（李求实）的《告研究文学的青年》，中夏（邓中夏）的《新诗人的棒喝》《贡献于新诗人之前》，楚女（萧楚女）的《诗的生活与方程式的生活》，王秋心与恽代英的通信《文学与革命》等。此外，《中国青年》还发表了早期左翼作家的左翼文学作品，主要有瞿秋白的小说《那个城》，光赤（蒋光慈）的小说《疯儿》，吴雨铭的组诗《烈士集》，一声的诗歌《奴隶们的誓言》《十月革命》《誓诗》等。

《民国日报》副刊《觉悟》也发表过不少左翼文学的重要理论文章和作品。《觉悟》创办于1919年6月16日，每日一期。早期共产党人沈玄庐、施存统、张闻天、沈泽民、瞿秋白、李求实、方志敏都为《觉悟》供过稿，沈泽民曾担任过《觉悟》的编辑。沈泽民的《我们需要怎样的文艺？》，许金元的《革命的文学运动——爱好文学和反对太戈尔的诸君公鉴》，蒋鉴的《请智识阶级提倡革命文学》，沈泽民的《文学与革命的文学》等提倡左翼文学的文章均发表于其上。

除了以上期刊，《新青年》季刊、《东方杂志》《文学周报》等报刊上也发表过沈泽民等人提倡左翼文学的文章。

早期左翼文学社团主要有春雷社。春雷社成立于1924年11月，创建者为蒋光慈、沈泽民、秋心、环心。春雷社存在时间不长，其主要的文学实绩是依托《民国日报》副刊《觉悟》出版的两期"文学专号"。这两期"文学专号"发表的都是提倡左翼文学的理论文章和左翼文学作品，如蒋光慈的论文《现在中国的文学界》，诗歌《我们是些无产者》《哀中国》等。

借着有限的传播资源和社团力量，早期共产党人构成了另一个中国早期左翼作家阵营。这批作家大多留居上海，彼此交往较为密切，文学观念较为接近，逐渐凝聚成一个独特的团体。他们在文坛上同声相应，同气相求，大家的文学观念逐渐变得清晰并互相靠拢，在两三年内形成一定的声势，其影响超过了郭沫若等创造社左翼作家。不过，这批共产党人作家大多并非职业作家，邓中夏、恽代英等人在中国共产党党内担任一定职务，文学只是他们工作的一部分。在此后的数年间，部分早期共产党人作家不再涉足文坛。其中，邓中夏于1925年4月离开上海，任中华全国总工会秘书长兼宣传部部长；恽代英1926年5月离开上海，赴黄埔军校任政治主任教官；沈泽民1925年年底赴苏联留学；他们离开上海后都不再关注文学。萧楚女1926年年初到广州工作，1927年为革命事业献出年轻的生命。蒋光慈、李求实、瞿秋白等人则一直耕耘在左翼文学领地上，他们不断为左翼文学造势，推动左翼文学思潮向前发展。

早期左翼作家的聚合是社会发展和文学发展共同促成的。这些作家敏锐地感受到社会的变动及社会对左翼文学的需求，他们开始联合同道，讨论并提倡左翼文学。在这个阶段，同一个左翼作家群体间的成员联系较多。创造社的几位早期左翼作家之间曾经就左翼文学问题进行过讨论和呼应。郭沫若的《孤鸿——给芳坞的一封信》就是与成仿吾讨论左翼文学问题的公开信。郭沫若在这封信中谈论了革命和文学的关系，以及左翼文学发生的必然性。提倡左翼文学的几位早期共产党人也是彼此声应气求。此外，在这个阶段，不同的左翼作家群体间，以及左翼作家团体与其他倾向左翼文学的作家之间也有一定的联系。例如，蒋光慈最初属于共产党人作家群体，他于1924年和沈泽民等人组成春雷文学社，共同提倡左翼文学。1925年，蒋光慈开始与郭沫若交往，并加入创造社。1927年11月，在郭沫若首肯下，蒋光慈和创造社的另外两位重要作家郑伯奇、段可情前往拜访鲁迅，商谈联合办刊事宜。由于创造社内部对于联合办刊之事存在分歧，这一计划未能实现，不过，这次拜访和商谈表明了创造社的左翼作家与倾向左翼文学的作家之间聚合的意愿。总体上看，早期左翼作家人数不算多，不同左翼群体之间的聚合也有限，但这种初步聚合展露了左翼文学的力量，促进了早期左翼文学的发展，为下一阶段左翼作家的大联合提供了借鉴。

二、早期左翼文学理论的建构

对于一个文学流派或思潮来说，文学作品是什么、为什么写、由谁写、写什么是需要厘清的几个重要问题。早期左翼作家对这几个相互关联的问题进行了较为深入的思考。郭沫若、邓中夏等人在相关理论文章中对左翼文学的性质、功用、左翼作家的身份、左翼文学的题材等问题展开论述，初步完成了左翼文学理论的建构。

左翼文学是什么？这是早期左翼作家要首先回答的问题。郭沫若发表于1926年的《革命与文学》一文对左翼文学的性质和特征作了界定。文章指出，"凡是表同情于无产阶级而且同时是反抗浪漫主义的便是革命文学"，革命文学不一定要描写革命、赞扬革命，或仅在文面上多用些"炸弹""手枪"等字词，无产阶级的理想需要革命文学家点醒出来，无产阶级的苦闷需要革命文学家表现出来，这样才是我们现在所要求的"真正的革命文学"，"我们所要求的文学是表同情于无产阶级的社会主义的写实主义的文学"。❶在郭沫若的定义中，"表同情于无产阶级"是左翼文学的立场，"写实主义"是左翼文学的创作方式，这是对左翼文学的最早的较为明确的定义。这个定义抓住了左翼文学的本质，明确地将左翼文学与五四文学区别开来。第一，郭沫若将左翼文学与文学研究会所提倡的"为人生的文学"作了区分。左翼文学与文学研究会都推崇写实主义的方法，但左翼文学的写实主义是为革命服务的，与文学研究会含义宽泛的"为人生"有着极大的不同。第二，郭沫若提出要反抗浪漫主义，这就使左翼文学

---

❶ 郭沫若. 革命与文学 [M] // 郭沫若全集·文学编（第 16 卷）. 北京：人民文学出版社，1989：41.

与创造社提倡的个人主义文学大相径庭。当然，郭沫若对左翼文学的定义尚有许多未尽之处。两年之后，李初梨等后期创造社成员对这个概念作了纠正和补充，左翼作家对左翼文学性质的理解逐渐深入。

左翼文学的功用是早期左翼作家最为关切的问题。邓中夏将文学看成革命的工具。邓中夏在《贡献于新诗人之前》中提出"工具说"："儆醒人们使他们有革命的自觉，和鼓吹人们使他们有革命的勇气，却不能不首先要激动他们的感情。激动感情的方法，或仗演说，或仗论文，然而文学却是最有效用的工具。"❶ 蒋光慈、郭沫若表达了与邓中夏等人类似的观念。蒋光慈在《现代中国社会与革命文学》表达了类似的观点："文学是社会生活的反映，一个文学家在消极方面表现社会的生活，在积极方面可以鼓动，提高，奋兴社会的情趣。"❷ 郭沫若认为"文艺是宣传的利器"，❸"真正的文学永远是革命的前驱"。❹ 邓中夏、蒋光慈、郭沫若等人对文学功用的看法与五四作家既有相似之处，也有明显的区别。相似之处在于，他们都将文学当成一种工具，都是从"文学有用论"的角度从文学与外部世界的关系的角度看待文学的功能，认定文学的价值。不同之处在于，五四作家秉持的是较为宽泛的工具论文学观，他们将文学与"人生""自我""社会"等拥有丰富内涵和广泛范围的概念相关联，在界定文学的功用时，对文学的限制较少，因而，文学尽管需要发挥工具作用，但能够较好地保有自身的审美属性；左翼作家秉持的是明确的革命工具论文学观，他们将文学的服务对象限定为"革命"，以文学为宣传革命的利器，对于非革命的文学或

❶ 邓中夏. 贡献于新诗人之前 [J]. 中国青年，1923（10）.

❷ 蒋光慈. 现代中国社会与革命文学 [M] // 方铭，马德俊. 蒋光慈全集（第6卷）. 合肥：合肥工业大学出版社，2017：61.

❸ 郭沫若. 孤鸿——致成仿吾的一封信 [M] // 郭沫若全集·文学编（第16卷）. 北京：人民文学出版社，1989：20.

❹ 郭沫若. 革命与文学 [M] // 郭沫若全集·文学编（第16卷）. 北京：人民文学出版社，1989：37.

不能直接服务于革命的文学则采取否定和拒绝的态度，由此限制了作家的自主和文学的自由。这种革命工具论文学观对左翼文学产生了深远影响。在整个左翼文学发展期间，左翼作家大多信奉革命工具论文学观。20 世纪 40 年代，毛泽东提出，文学应为工农兵群众服务。这种思想是与邓中夏等人的革命工具论文学观一脉相承的，是对革命工具论文学观的明确化和具体化。

在提出革命工具论文学观之后，邓中夏又提出另一个密切相关的问题——这个工具由谁掌握和使用。他的回答是，左翼文学要由革命家来做，即新诗人"须从事革命的实际活动"。❶ 不久之后，恽代英在邓中夏"新诗人"的基础上提出了"革命文学家"这个概念。恽代英强调革命文学家的革命家身份，他指出："倘若你希望做一个革命文学家，你第一件事是要投身于革命事业"，"先有革命的感情，才会有革命文学"，"我相信最要紧是先要一般青年能够做脚踏实地的革命家；在这些革命家中，有些感情丰富的青年，自然能写出革命的文学"。❷ 沈泽民也强调革命文学家与革命家身份的等同，并且将"革命的实际活动"具体化了。他指出，"革命的文学家若不曾亲身参加过工人罢工的运动，若不曾亲自尝过牢狱的滋味……决不配创造革命的文学"，"诗人若不是一个革命家，他决不能凭空创造出革命的文学来"。沈泽民还明确指出了革命文学家的阶级属性，那就是"无产阶级"。他号召青年文学家投身革命，"为了民众的缘故，为了文艺的缘故，走到无产阶级里面去！"❸ 邓中夏、恽代英、沈泽民看重文学对于宣传革命的作用，也非常重视左翼作家身份的纯洁性。他们都是早期中共党员，他们对革命和文学之关系的思考是建立在实际革命的需要之上的。他们对于左翼作家革命者身份的强调，与他们对于左翼文学功用的认识密切相关。在他们

❶ 邓中夏. 贡献于新诗人之前 [J]. 中国青年，1923（10）.

❷ 王秋心，恽代英. 文学与革命（通信）[J]. 中国青年，1924（31）.

❸ 泽民. 文学与革命的文学 [N]. 民国日报·觉悟，1924-11-06.

看来，只有拥有革命者的身份，作家才会重视文学的宣传鼓动作用，才能够熟悉并表现革命事实，传达革命精神，实现文学的工具价值。

对于左翼文学写什么，即创作题材和内容的问题，早期左翼作家从正反两方面作了回答。沈泽民指出，所谓革命文学，并非充满着"手枪和炸弹这一类名词"，并非像《小说月报》所提倡的充满"血和泪"的作品，也不像创造社所作抒发"怨愤"的作品，革命文学"能痛切地描写现代中国大多数民众的生活，且暗示他们的背景与前途""能含着极饱满的少年精神，可以代表新生的一代，诉出他们底神圣的愿望与悲哀，优点和弱点"。[1]沈泽民所谓极饱满的少年精神，就是积极进取、英勇抗争的精神，也就是热烈追求革命的精神。蒋光慈指出，真正的革命文学家是热烈地追求人类解放的人，谁能够将现在社会的缺点、罪恶、黑暗等痛痛快快地写出来，谁能够高喊着人们来向这缺点、罪恶、黑暗等作斗争，"则他就是革命的文学家，他的作品就是革命的文学"，而那些缺乏革命性的人、安于现状的人和市侩都不能做革命文学家，厌弃现社会而又对将来社会无希望的也不能做革命文学家。[2]在沈泽民、蒋光慈看来，左翼文学一方面要暴露黑暗和罪恶，一方面要写出民众的反抗，预示民众的前途和希望。成仿吾则强调了感情对于题材"点铁成金"的作用。他指出，判断某种文学作品是不是革命文学，"要紧的是所传的感情是不是革命的"，有的作品，即使取材于革命事实，也不一定是革命文学；有的作品，尽管不是从革命事实中选取材料，"只要他所传的感情是革命的，能在人类的死寂的心里，吹起对于革命的信仰与热情，这种作品便不能不说是革命的。"[3]在取材方面，早期左翼作家固然重视材料的革命性，但更关注处理材料时的立场和态度。对于他们来

---

[1] 泽民. 我们需要怎样的文艺？——对小说月报西谛君的话的感想 [N]. 民国日报·觉悟，1924-04-28.

[2] 蒋光慈. 现代中国社会与革命文学 [M]. 蒋光慈全集（第6卷）. 合肥：合肥工业大学出版社，2017：64.

[3] 成仿吾. 革命文学与他的永远性 [J]. 创造月刊，1926，1（4）.

说，充满"血和泪"的作品和抒发"怨愤"的作品固然有一定的先进性和反抗性，但没有写出社会上存在的阶级斗争，没有写出无产阶级反抗的现实和未来的胜利，因而是非革命的、落伍的作品。他们所期待的左翼文学，是旗帜鲜明地支持革命，明确而热烈地表达对革命的热爱和赞美的作品。

文学"是什么""为什么写""由谁来写""写什么"是左翼文学最核心的问题，也是决定左翼文学性质和特征的根本问题，早期左翼作家对这几个问题没有进行深入的论证，也未形成明晰的体系，但他们的回答中包含了左翼文学的关键因素和基本观念，即应由革命者来书写革命故事或表达革命情绪，以达成促进革命的目的。早期左翼作家初步厘清了左翼文学的功能、左翼作家的身份、左翼文学的基本特征等重要问题，为当时的左翼文学创作指出了方向，为将来左翼文学的发展提供了理论资源。1928 年，左翼文学兴盛之际，李初梨将郭沫若的《革命与文学》指认为"中国文坛上首先倡导革命文学的第一声"，❶ 钱杏邨则将左翼文学的首倡之功归于蒋光慈。尽管两人对于"谁是左翼文学第一人"的看法存在分歧，但这种溯源行为表明，早期左翼作家所建构的文学理论在左翼文学思潮形成过程中产生了重要影响，为左翼文学理论在未来的进一步发展奠定了基础。

第三节　早期的左翼文学创作

在建构文学理论的同时，早期左翼作家在文学创作方面也颇有收获。此期创作较勤的是张闻天、瞿秋白和蒋光慈。他们的作品各有风格，同时也表现出一些共同的特征。主要有：在内容和主题上，一方面表现社会苦难和人生多艰，另一方面颂扬革命意志和斗争精神；在写作手法上，诗歌和散文多采用热烈直

---

❶ 李初梨. 怎样地建设革命文学 [J]. 文化批判，1928（2）.

露的方式抒发情感，小说则常常以"革命加恋爱"的方式组织情节。

张闻天在这一时期创作了《旅途》《逃亡者》《飘零的黄叶》等小说。长篇小说《旅途》是其代表作。这部小说发表于 1924 年，以一个"革命加恋爱"式的故事表达了对革命的想象。主人公王钧凯是不满于时代黑暗的青年，他在美国工作期间，不断地遭遇爱情悲剧，先是因封建礼教的干预失去初恋徐蕴青，后又因阶级的隔阂失去美国恋人安娜，后来他终于拥有志同道合的爱人玛格莱，后者却因病离世。痛失所爱的王钧凯并没有因此被击垮，他从俄国的十月革命中看到改变社会的希望，毅然回国参加革命，并在革命军攻占上海时，英勇地献出了生命。张闻天的小说开启了"革命加恋爱"的叙事模式，这种模式在此后的很长一段时期内为众多左翼作家所采用。

瞿秋白在此期的创作主要有诗歌、小说和散文。除了上文介绍过的作品，瞿秋白此期较为重要的作品还有诗歌《赤潮曲》、散文集《赤都心史》。《赤潮曲》描写我国"四万万同胞"反抗帝国主义的革命热潮，期待着全世界无产者的解放，盼望着大同社会的到来。诗歌全文如下："赤潮澎湃，晓霞飞动，惊醒了，五千余年的沉梦。远东古国四万万同胞，同声歌颂，神圣的劳动。猛攻，猛攻，捶碎这帝国主义万恶丛！奋勇，奋勇，解放我殖民世界之劳工，何论黑，白，黄，无复奴隶种！从今后，福音遍天下，文明只待共产大同。看！光华万丈涌。"❶诗歌情感激越，节奏铿锵，富有鼓舞人心的力量。1925 年出版的《赤都心史》在内容与风格和《饿乡纪程》较为接近，主要记述作者在莫斯科的见闻和感受，赞美社会主义国家苏联的生机和革命领袖列宁的风采。瞿秋白的作品多以苏俄的社会革命和社会主义建设为内容，并以此为参照思考我国社会问题和革命道路，为早期中国左翼文学建立了世界性视野。

---

❶ 瞿秋白. 赤潮曲 [J]. 新青年（季刊），1923（1）.

早期左翼作家中创作最丰的是蒋光慈。他于此期出版了诗集《新梦》《哀中国》，中篇小说《少年飘泊者》《野祭》，短篇小说集《鸭绿江上》。《新梦》中的诗是蒋光慈旅居莫斯科时创作的（其中有少量译诗），是蒋光慈革命理想的诗意表达。诗歌讴歌俄国十月革命，赞美无产阶级，批判压迫者，表达反抗的决心。蒋光慈满怀激情地赞美革命圣地莫斯科："莫斯科的雪花白，莫斯科的旗帜红；旗帜如鲜艳浓醉的朝霞，雪花把莫斯科装成为水晶宫。"❶他呼吁中国劳苦同胞起来革命："起来罢，中国劳苦的同胞呀！……打破帝国主义的压迫，恢复中华民族的自主；这是我们自身的事情，快啊，快啊，快动手！"❷《新梦》是中国左翼文学最初的歌唱。钱杏邨称赞它："在全部里所表现的精神，只是向上的，革命的歌调；只是热烈的，震动的喊叫；只是向帝国主义及一切反动力量抗斗的特征；没有悲愁的创作，没有失意的哀喊，只是希望中国也有这样光明的一日，精神是异常的震动而咆哮；全书的思想当然是劳动阶级的，劳动阶级的革命思想！"❸相比于同时期的冰心、宗白华、俞平伯等人的诗，蒋光慈的诗歌有着鲜明的革命性和鼓动性。民族斗争、阶级斗争是蒋光慈诗歌的关键词，光明与胜利是蒋光慈诗歌的主旋律。蒋光慈的诗歌是左翼诗歌的典型样态，这些诗歌中没有婉转文雅的浅唱低吟，只有粗暴激进的战斗呐喊。他的这些诗歌为后来者提供了左翼诗歌的样本。

小说《少年漂泊者》《野祭》《鸭绿江上》《短裤党》是蒋光慈前期小说代表作。前三部小说都有着"革命加恋爱"的故事框架，其中《少年漂泊者》最具代表性。《少年漂泊者》讲述了农村少年汪中走上革命道路的故事。小说将

---

❶ 蒋光慈. 莫斯科吟 [M] 方铭，马德俊. 蒋光慈全集（第 1 卷）. 合肥：合肥工业大学出版社，2017：74.

❷ 蒋光慈. 中国劳动歌 [M] 方铭，马德俊. 蒋光慈全集（第 1 卷）. 合肥：合肥工业大学出版社，2017：65.

❸ 阿英. 蒋光慈与革命文学 [M] 阿英全集（第 2 卷）. 合肥：安徽教育出版社，2003：89.

汪中的成长故事置于一个典型的阶级斗争的框架中：汪家是穷佃户，因为年成不好，汪家交不起地租。汪父去地主刘老太爷家哀求暂缓交租，结果遭到毒打。第二天，刘老太爷派人来家中抢粮，汪父被活活气死，汪母悲愤自杀。失去父母的少年汪中为了生活四处漂泊，经历了无尽艰难，遭受了无数屈辱。他做过乞丐、学徒、店伙、茶房、工人，以及黄埔军校的学生。汪中充满反抗精神，对地主阶级、资产阶级、帝国主义充满仇恨。他参加过工人罢工运动，参加过讨伐军阀的战斗，最后光荣地牺牲在战场上。在这个悲壮的革命故事中，穿插着一段悲凄的恋爱故事。汪中在杂货店做学徒时和店主的女儿玉梅相爱，店主却要将女儿嫁给有钱有势的王氏子，为此赶走了穷小子汪中。玉梅伤心之下一病不起，汪中一生中唯一的恋爱就此夭折。革命是小说的主线。借着汪中的故事歌颂了无产阶级的觉醒与反抗，超越阶级、纯洁凄美的爱情则为这个革命故事增添了浪漫气息，确证了革命的必要性和合理性。张闻天的《旅途》开启了早期左翼小说的"革命加恋爱"模式，蒋光慈的《少年漂泊者》则使这种模式变得成熟和流行，为左翼文学赢得了不少读者。

早期左翼文学作品大多与早期左翼文学理论相契合。例如，早期左翼诗歌、小说、散文都重视对革命的宣传，都是从革命事实中选取创作的素材，都表达了对革命的虔诚信仰。左翼作家们积极构造可歌可泣的革命故事，抒发对革命的赞美之情，这样的作品写出了革命的力量与美感，能够激发读者对革命的正面想象。又如，此期的张闻天、蒋光慈、瞿秋白等左翼作家都兼有文学家和革命家的双重身份，他们为邓中夏等人的作家身份理论增添了佐证。不过，早期左翼文学作品没有如郭沫若所期待的那样成为"反抗浪漫主义"的作品。事实上，张闻天等人所创作的恰恰是浪漫主义的作品。这种文学风气在后来进一步发展，造成了"革命的浪漫蒂克"风格的流行。直到1932年，借着为华汉（阳翰笙）小说《地泉》再版写序的机会，这种风格才在左翼文学内部遭到清算。

　　总体上看，早期左翼文学作品在艺术上较为单薄，但洋溢着革命精神，显得健朗而有力，浪漫而热情。在当时普遍感伤的文学氛围中，这些作品展现了一种新的文学风气。这些作品为不少作者尤其是青年作者所喜爱，常常被他们模仿。1928 年后，写作这类表现对革命的浪漫想象的作品的作者越来越多，逐渐形成潮流。例如，1928 年出版的左翼文学期刊《太阳月刊》所登载的作品就有着早期左翼文学的清晰印痕。《太阳月刊》创刊号上，有孟超的小说《冲突》和周灵均的新诗《渡河》。《冲突》是一篇典型的"革命加恋爱"式的小说；《渡河》中有这样质朴直白的句子："我似乎已在战场上呼：杀杀杀！"从《冲突》的情节结构和《渡河》的话语方式上可以看出早期左翼文学的影响。《太阳月刊》二月号上，钱杏邨撰文盛赞蒋光慈的《野祭》，认为它写出了"婚姻的阶级性"，"在意义方面已开了一个新的局面"，是中国文坛上第一部"真能代表时代的恋爱小说"，且富有艺术技巧。❶ 钱杏邨是将《野祭》作为左翼小说的范本来加以评析和推广的。由此可知，早期左翼文学创作对 1928 年后左翼文学的兴盛起到了助推作用。

第四节　早期左翼文学活动的意义及其影响

　　早期左翼作家都是关怀社会、锐意革命的年轻人。他们大多是共产党员，有着革命家和作家的双重身份。他们立足在贫弱的中国大地上，以苏联成功的革命实践为借镜构想理想社会的图景，并尝试以独特的文学样式来承载自己的革命观念。他们的文学活动非常可贵，为未来左翼文学的发展留下许多重要经验。这些经验主要有：第一，提出并坚持革命文学主张。是否拥有鲜

---

❶ 钱杏邨. 野祭 [J]. 太阳月刊，1928（2）.

明、独特、适应时代要求的文学主张，是一个文学思潮能否得以成立和发展的关键。尽管早期左翼作家还没有构建完整的左翼文学理论体系，但他们已经达成如下共识，即文学需适应时代的要求，需具备革命性和建设性。在社会矛盾日益尖锐的 20 世纪 20 年代，这样的文学主张自有其合理性和创造性，能够在部分作者、读者中激起共鸣。第二，利用报刊发表理论文章，通过成立社团聚合同道，由此推进对革命文学的思考和实践。这一阶段，左翼文学力量不够强大。文学并非邓中夏等早期共产党人的"主业"，此时他们还没有创办专门的文学性报刊，只能在党刊或其他和他们关系密切的报刊上开辟文学阵地。蒋光慈等人的社团活动也未能持久。尽管如此，早期左翼文学也在文坛上发出了声音，在文学史上留下了印痕，为将来的进一步发展提供了资源。第三，通过文艺批评来表明文学立场和态度。早期左翼文学以革命为旨归，这样的文学是对以启蒙为宗旨的五四文学的反叛。为了表明自己的文学立场和态度，将文学引导到他们认为正确的道路上来，早期左翼作家对五四文学多有批评。蒋光慈将矛头对准当时的文坛主力文学研究会。在《现代中国社会与革命文学》中，蒋光慈将叶绍钧、俞平伯、冰心等人称为市侩派，认为叶绍钧"是市侩派的小说家之代表"，冰心是"小姐的代表"，他们不是"现在所需要的文学家"，因为他们对国家、社会、政治缺乏关怀，所描写的是市侩的生活，他们作品中的主人公缺乏反抗性，或者没有表现出对社会的明确态度。❶ 1927年，成仿吾在《完成我们的文学革命》中将代表五四文学成就的鲁迅、"周作人和他的 cycle"、刘半农、张资平作为批判的靶子。蒋光慈、成仿吾以否定五四作家的方式彰显了左翼文学的立场。借助于文学批评，早期左翼作家亮明了旗帜，宣示了新的文学主张，厘清文学观念，削弱对手的影响力，为自己拓

---

❶ 蒋光慈. 现代中国社会与革命文学 [M] // 方铭，马德俊. 蒋光慈全集（第 6 卷）. 合肥：合肥工业大学出版社，2017：63.

展发展空间。第四，借助党政力量影响文学生产。早期左翼文学的出现与早期中国共产党人的提倡密切相关，"它实际上是中国共产党人社会革命思想的必然产物"，❶早期左翼作家大都拥有共产党人的身份或是倾向革命，他们提倡左翼文学的初衷不是为了文学，而是为了革命。而且，他们的提倡也不是自发的行为，而是为了配合中国共产党宣传的需要。中国共产党一直非常重视宣传工作，瞿秋白为《新青年》季刊撰写的创刊宣言专门谈到文学问题，指出，"现时中国文学思想——资产阶级的'诗思'，往往有颓废派的倾向"，"尤其要收集革命的文学作品，与中国麻木不仁的社会以悲壮庄严的兴感"。❷《新青年》季刊是共产党理论刊物，作为主编的瞿秋白的这番话绝不是泛泛而谈，而是代表了共产党对文学变革的要求。此后邓中夏、沈泽民、恽代英等一向不以文学为职业的共产党人在此后几年中如此勤奋地开展左翼文学运动，可以说是共产党员对党组织的文艺要求的回应。尽管这种过于强调功利性的政治化文学观妨碍了文学的自由发展，但毋庸讳言，文学活动的政治化对左翼文学明确观念、凝聚力量以及开展活动是有助益的，这一点在 1928 年后尤其明显。

　　早期左翼作家的文学活动产生了较大影响。一方面，不少作家因为左翼作家提倡，开始思考文学与革命的关系问题，并且在认真审慎的思考之后逐渐转向左翼文学。鲁迅就是其中突出的例子。鲁迅早期欣赏"立意在反抗，指归在动作"的"摩罗"诗人，将其归为同道。他弃医从文，目的就是要以文学改变世道人心。在接受钱玄同的劝告、开始新文学创作的那天起，鲁迅就以反抗黑暗的社会和改造落后的国民性为自己的使命，其作品重在思想启蒙，成为"人的文学"的代表，也成为文学革命的强音。早期左翼作家对左

---

❶ 张晶. 社会革命思想中的"革命文学"论——以早期共产党人为中心的考察 [J]. 中国现代文学研究丛刊，2019（10）：56.

❷ 瞿秋白.《新青年》之新宣言 [J]. 新青年（季刊），1923（1）.

翼文学的提倡及苏联左翼文学在中国的迅速传播，使鲁迅开始关注左翼文学。从 1925 年鲁迅为任国桢翻译的《苏俄的文艺论战》所写的《前记》中可以看出，此时鲁迅对苏联左翼文学有了相当的了解。这篇《前记》介绍了苏联左翼文学团体"列夫"的起源和发展情况，指出其文学主张的要旨，是"推倒旧来的传统，毁弃那欺骗国民的耽美派和古典派的已死的资产阶级艺术，而建设起现今的新的活艺术来""名之曰无产阶级的革命艺术"。❶《苏俄的文艺论战》是鲁迅主编的《未名丛刊》之一种，这本书的出版表明了鲁迅对苏联左翼文学的兴趣。鲁迅在《前记》中将苏联"无产阶级的革命艺术"称为与资产阶级艺术对立的"新的活艺术"，这个称谓包含了鲁迅对苏联左翼文学的深刻理解和发自内心的欣赏。1927 年，鲁迅对文学与革命的关系问题进行了更多思考。1927 年 4 月，鲁迅应邀在黄埔军校作了《革命时代的文学》的演讲。他说，大革命之前，富有反抗性的民族所创作的文学每每带有愤怒之音；大革命之中文学往往暂归沉寂；大革命之后会有讴歌革命的文学。中国当前正处于大革命之中，所以没有革命文学。鲁迅还说，"自然也有人以为文学于革命是有伟力的，但我个人总觉得怀疑"。从以上引文可知，鲁迅看到了革命与文学的密切关系，不过，鲁迅认为，真正的革命文学是在革命之后才能产生的，而中国革命尚未成功，因而中国此时并不存在真正的革命文学。此外，鲁迅对革命文学的宣传作用基本上持怀疑态度。在这次演讲中，鲁迅也指出，"革命人做出东西来，才是革命文学"。❷这种观点则和邓中夏等人的观点比较接近。随着时间的推移，鲁迅对革命与文学的看法发生了改变。同年 10 月，鲁迅发表《革命文学》一文，讽刺了当时文坛上"鱼目混珠"的两种所谓的"革命文学"：一种是"一方的指挥刀的掩护之下，斥骂他的敌手的"，这种文学的可笑之处在于，它"并非对于

---

❶ 鲁迅. 前记 [M] // 鲁迅全集（第 7 卷）. 北京：人民文学出版社，2005：278.

❷ 鲁迅. 革命时代的文学 [M] // 鲁迅全集（第 3 卷）. 北京：人民文学出版社，2005：438-442.

强暴者的革命，而是对于失败者的革命"；一种是"纸面上写着许多'打，打'，
'杀，杀'，或'血，血'的"，实际上却是"前面无敌军，后面无我军"，作者
不过在安全的环境中敲敲鼙鼓而已。鲁迅指出："我以为根本问题是在作者可是
一个'革命人'，倘是的，则无论写的是什么事件，用的是什么材料，即都是'革
命文学'。从喷泉里出来的都是水，从血管里出来的都是血。"在鲁迅看来，真
正的革命文学，其作者必定是"在革命时代有大叫'活不下去了'的勇气"的
人。❶ 这篇文章再次肯定了"革命人"对于革命文学的决定性作用。此外，与
之前的演讲相比，这篇文章对于革命文学的存在不再持怀疑态度，或者说，鲁
迅此时其实是修正了此前演讲中提出的观点，认为当前中国是可以有革命文学
的。从这篇文章的措辞中可以看出，鲁迅对于革命文学本身的价值是肯定和欣
赏的。正是基于这样的认知，1927 年 11 月，鲁迅同意创造社郭沫若、郑伯奇、
蒋光慈等人的提议，一起恢复停刊已久的创造社的《创造周报》，以推动左翼文
学的发展。不过，令鲁迅始料未及的是，他非但没能和创造社合作出版期刊，
反而在不久之后遭到后期创造社和太阳社的激烈批评。当然，这样的批评没有
使鲁迅远离左翼文学，反而促使他进一步学习和了解国外左翼文学，分析中国
左翼文学问题，并写下充满革命性的作品。在这个过程中，鲁迅逐渐成为中国
左翼文学的核心作家。鲁迅成名已久，且是当时启蒙文学的领袖，他的转向与
时代的感召和本人的主动追求密切相关，但不可否认的是，早期左翼作家的宣
传与鼓动也在其中起到了明显的作用。与鲁迅相比，许多青年作家的转向过程
就显得单纯多了。例如许杰，他本是文学研究会作家，不过，他一直倾向革命，
并在 1927 年初加入中国共产党。同年 4 月，蒋介石发动反革命政变，许杰被捕，
不久出狱。从此，许杰开始宣传左翼文学理论，创作左翼文学作品。又如殷夫，

---

❶ 鲁迅. 革命文学 [M] // 鲁迅全集（第 3 卷）. 北京：人民文学出版社，2005：567-568.

他是受早期左翼文学的影响走上文坛的，从成为作家的那一刻起，他就选择了左翼文学。总之，早期左翼作家以关怀社会的热情和激进的姿态在文坛上开创了一片别样风景，并对其他作家的文学选择产生了重要影响。另外，早期左翼文学在一定程度上成为实际革命的助力。当时，许多追求进步的年轻人喜欢阅读蒋光慈、瞿秋白等人的左翼文学作品，其中不少人因为这种阅读而深入思考中国社会问题和革命问题，最终成为革命者。中国现代杰出的革命家胡耀邦就说过，他是在读了蒋光慈的《少年漂泊者》之后，受其影响而走上革命道路的。

在 1923 年至 1927 年间，左翼文学的力量较为薄弱，1927 年更是如此，此时大革命失败的阴影笼罩着中国文坛，部分左翼作家被南京国民政府通缉，部分左翼书刊被查禁。在这种不利的环境中，左翼作家们不得不暂时沉寂下去。因此，在 1928 年之前，严格意义上的左翼文学思潮并未形成。此时真正从事左翼文学建设的作家很少，左翼文学的理论还比较简单粗浅，左翼报刊和社团也未能持久，左翼文学作品在数量和质量上都不尽如人意。相比于当时的启蒙文学主潮，革命文学并不显眼。但早期左翼作家的努力为今后左翼文学思潮的形成播下了种子。随着中国革命形势的发展，左翼文学也在逐步推进，当遇到合适的气候时，早期左翼作家播下的种子将会长成大树。

第三章

左翼力量的凝聚与左翼文学思潮的形成

文学思潮，是指一定历史时期内形成的，与社会的政治文化形态和人们的精神需求相适应的，具有广泛影响的文学思想和文学创作的潮流。中国左翼文学思潮，是指以追求革命和进步的作家为创作主体、以表达革命意愿和反抗精神为主要内容的文学思想和文学创作潮流。1923—1927 年左翼文学所迸发的星星之火，在 1928 年引发燎原之势。1928 年年初至 1929 年年底，以青年共产党员作家为主的太阳社和后期创造社在独特的文学生产环境中，积极进行结社、办刊、理论建构、文学创作等活动。在此过程中，左翼文学思潮得以形成。

第一节　左翼文学的生产环境

推动文学思潮形成和发展的因素有多种。其中，社会政治、经济、文化形态等外部环境是促使文学思潮形成和发展的重要因素。吕西安·戈德曼指出，"当一个群体的成员都为同一处境所激发，并且都具有相同的倾向性，他们就在其历史环境之内，作为一个群体，为他们自己精心地缔造其功能性的精神结构。这些精神结构，不仅在其历史演进过程之中扮演着积极的角色，并且还不断地表述在其主要的哲学，艺术和文学的创作之中"。❶ 吕西安所说的同一处境，其实就是由政治、经济、文化等外因共同构成的群体生存条件和活动背景。这些生存条件和活动背景与作家文学追求相契合，促成了左翼作家左翼文学思潮的形成。

一、政治环境

1928 年前后的政治环境助推了左翼文学的兴盛。左翼文学的发生及其所呈

---

❶ 吕西安·戈德曼. 人文科学中的主体与客体 [M] // 段毅，刘宏宝，译. 文学社会学方法论. 北京：工人出版社，1989：46.

现的特征与政治环境有着密切的关系。左翼文学萌生于第一次国内革命战争时期。大革命的风起云涌极大地激发了人民的革命情绪，推动了早期左翼文学的发展。然而，大革命的成果不久就被国民党右派势力所断送。1927 年 4 月，以蒋介石为代表的国民党右派势力发起主要针对共产党的"清党"运动；同年 7 月，汪精卫领导的武汉政府也公开背叛了革命，大革命因为国民党右派势力的突然背叛而遭到惨重失败。1927 年 4 月 18 日，蒋介石及其所领导的国民党右派势力在南京成立中央政府。1928 年 10 月，南京国民政府宣布开始训政时期。自此，国民党的统治变得合法化。此后的数年间，南京国民政府一方面继续镇压共产党，另一方面加强对军阀的打击力度，同时又在国民党内部边缘化具有反抗性的左派力量，逐步形成了对政治、经济、文化、司法、外交、军事等的全面控制，并由此获取了大量作为元资本的中央集权资本。中央集权资本是一种特殊的资本，它使国家得以对不同的场，以及在其中流通的不同形式的资本施加权力。❶中央集权资本的拥有使国民党能够以国家和民族的名义实行全民监控的能力，利用国家机器的威力巩固独裁统治，国民党也因此得以在现代中国政治生活中扮演重要角色。

然而，南京国民政府维护的是社会中上层的利益，即大地主、大资本家的利益，与日美等帝国主义国家之间也有着千丝万缕的联系，无法解决帝国主义和中华民族的矛盾、封建主义和人民大众的矛盾。国民党的"清党"行为和随之而来的专制统治招致人民大众尤其是革命者的不满和反抗。南京国民政府则以暴力对付反抗，对民众的不满情绪和批判性文学作品都施以暴力打击，这样的做法又加剧了这个政权本身的虚弱。如论者所指出的，"所有强大的现代民族国家的一个特点是，人口相当大的部分被动员起来支持政府的政治目标。而

---

❶ 皮埃尔·布尔迪厄. 文化资本与社会炼金术——布尔迪厄访谈录 [M]. 上海：上海人民出版社，1997：161.

国民党人在重视政治控制和社会秩序的同时，不信任民众运动和个人的首创精神；所以他们不能创造出那类基础广泛的民众拥护，在 20 世纪，民众拥护才能导致真正的政治权力"。● 南京国民政府希望通过中央集权资本对其他政治力量的政治资本进行控制和打压，以达成政治独裁的目的。不过，南京国民政府由于缺乏政治权力资本，从来没有真正实现这一目的。其他多种政治力量得以曲折发展。这些不同的政治力量也影响着文学场的面貌，其中，中国共产党的影响尤其明显。

中国共产党是新兴的革命的政党，是中国工人阶级的先锋队，代表了中华民族和最广大的中国人民的利益。在与国民党右派势力斗争的过程中，共产党的合理性和先进性得到凸显。大革命失败后，中国共产党的事业一度处于低潮，但其政治主张的合理性和先进性得到凸显，获得了众多民众的信仰和追随。

二、经济环境

左翼文学是形成于上海、植根于上海、辐射向全国的文学思潮。20 世纪二三十年代，上海是全国的经济中心，其贸易业、金融业、工业、交通、邮政都获得了极大发展。在这样的经济形势下，出版业也获得了更多的活力。20 世纪初以来，上海就是全国出版业中心，商务印书馆、中华书局、世界书局等大型出版机构承担了全国大部分书刊的出版发行工作，1927 年前后，更多资本投向出版业，上海增添了许多新的出版机构和大小书店，它们进一步激活了上海的图书、杂志市场。出版业的兴盛对于文学的发展有极大的促进作用。首先，它推动了杂志业的发展。多数出版机构以出版书籍为主，为了提高自身的知名度，

● 费正清，费惟恺. 剑桥中华民国史（1912—1949 年）（下）[M]. 刘敬坤，等译. 北京：中国社会
　科学出版社，1994：157-158.

或给自己的书籍做广告，它们往往兼营杂志，从而推动了办杂志的风气。这种文学生产环境给左翼文学的传播带来了极大便利。如太阳社在 1928、1929 年间，就先后出版了《太阳月刊》《时代文艺》《新流月报》《海风周报》等杂志和《革命的故事》《战线上》《失业以后》《哭诉》《红玫瑰》等"太阳小丛书"。其次，它吸引了众多作者。上海出版业的发展增加了对作家、编辑、记者的需求，也给文人提供了出书、办刊、发表作品的便利条件。1928 年前后，众多新文化人纷纷来到上海，其中包括大量左翼作家。蒋光慈、钱杏邨、孟超、杨邨人等从武汉来到上海；成仿吾从广州来到上海；冯乃超、李初梨、朱镜我、夏衍、彭康、李铁声等从日本留学返国，居留在上海；王独清从广东来到上海；潘汉年从九江回到上海；洪灵菲从南洋流亡归来，留在上海；胡也频、丁玲、冯雪峰从北京来到上海；柔石离开老家浙江台州，来到上海；加上原本就待在上海的左翼作家，可以说，左翼文学流派的大多数重要成员都在 1928 年前后汇聚到上海了。他们的到来为左翼文学思潮的兴起创造了条件。最后，它培养了众多读者。上海经济的发展和图书市场的繁荣促进了知识的普及，提高了国民的文化水平，为文学思潮的发展准备了读者。上海的图书市场为现代书刊培养了读者。左翼文学中充满青春与革命的元素，洋溢着浪漫与热情，这样的新内容和新风格赢得了读者的热爱。郁达夫曾经回忆 1928 年前后蒋光慈的左翼文学作品的畅销情况，"在 1928、1929 年以后，普罗文学就执了中国文坛的牛耳，光慈的读者崇拜者，也在这两年里突然增加了起来""他那部《冲出云围的月亮》在出版的当年，就重版到了六次"。❶ 总之，1920—1930 年经济的发展造成了出版业的发达，为左翼文学的繁荣准备了条件。

---

❶ 郁达夫. 光慈的晚年 [M] // 徐俊西. 海上文学百家文库·44·郁达夫卷. 上海：上海文艺出版社，2010：584.

三、文化环境

与政治、经济相比，文化对文学的影响更加明显。社会的知识、艺术、风气等都对文学生产产生直接影响。1928 年前后，对文学产生重大影响的文化是左翼文化。左翼文化以马克思主义为核心，以人类的解放为旨归，具有深厚的人文关怀和巨大的进步意义，是解构南京国民政府提倡的官方文化的最重要力量，也是当时最重要的文化思潮。左翼文化由共产党及其领导下的各种文艺机构共同倡导，借助于文学、电影、戏剧、美术等形式广泛传播。左翼文化以直接介入的方式干预文学，这种干预往往通过规定创作方法、主题思想、文学题材等的等级来实现。在左翼话语中，社会主义文化高于资本主义文化，无产阶级的世界观和唯物辩证法高于观念论，救亡图存和阶级斗争题材高于日常生活题材，左翼文化积极干预着左翼文学的生产，左翼文学在主题、题材、写作方法上都留下了左翼文化的深深印痕。为了实现对文化领域的全面占领，左翼文化不遗余力地批判官方文化。在左翼与官方两种文化的较量中，左翼文化取得了明显的胜利，这种胜利为左翼文学提供了思想基础和文化视野。

朱晓进指出，"三十年代普遍的文学期待是与当时特定政治文化语境下人们的政治心理紧紧联系在一起的"。● 左翼文化的胜利极大地影响了当时社会的政治文化心理和文学风尚。中国共产党十分重视文学艺术的宣传功能，往往通过意识形态来影响文学创作。阿尔都塞指出，意识形态影响是通过其"传唤"功能实现的，意识形态有一种类似于上帝的权威，能够借"传唤"功能来对对象施加影响并获得对象的意识形态认同，使对象成为"自由的"主体，自愿服从

● 朱晓进. 政治文化心理与三十年代文学 [J]. 文学评论，2000（1）：50.

传唤主体的诚命。●共产党因为拥有先进的左翼文化，其思想理念容易引起民众的共鸣，实现对民众的意识形态"传唤"。在其影响下，民众逐渐认清了国民党的政治文化的不合理，对其产生抵触情绪，与此同时，民众对左翼文化和左翼文学有了更多的期待。这样的政治文化心理对左翼文学思潮的发展起到了导向作用。

第二节　左翼文学力量的凝聚与左翼文学期刊的创办

任何一个现代文学流派或思潮的形成和发展都离不开作家与期刊。作家是推动文学发展的重要动力，期刊则是保障文学发展的重要载体。作家的社会理想和文学追求决定了文学思潮的走向，期刊的创办和维持情况则决定了文学思潮能够走多远。在 1928—1929 年，不少志同道合的左翼作家团结在一起，共同创办期刊，共同提倡和实践左翼文学。他们的努力使左翼文学的力量得到凝聚，使左翼文学产生了极大声势，由此促进了左翼文学思潮的形成。

一、左翼作家的聚合

文学思潮形成和发展的过程首先是作家聚合、理论建构、文学创作的过程。作家是其中的核心要素。从左翼作家构成来看，部分作家从踏上文坛之日起就开始从事左翼文学创作，部分则是从自由主义作家转变而来。1928 年前后，大量左翼作家在上海汇聚。左翼文学的主要作家包括太阳社、后期创造社、我

● 阿尔都塞. 意识形态和意识形态国家机器(研究笔记)[M] // 陈越. 哲学与政治——阿尔都塞读本. 长春：吉林人民出版社，2003：370-372.

们社、引擎社成员，以及文学观念发生转变的原本属于其他流派的成员。这些作家或在理论建构上作出贡献，或在文学创作上作出成绩，或在人事关系上凝聚人心，或者以上几点兼而有之。

促成太阳社等社团作家聚合的主要原因是相同或相似的文学观念。太阳社于 1927 年秋成立于上海，蒋光慈、钱杏邨、洪灵菲、孟超等是发起人，夏衍、殷夫、戴平万、祝秀侠、顾仲起、楼适夷、冯宪章、任钧等是其主要成员。这个文学社团的成员全部是共产党员，他们在大革命时期大多从事革命实际工作，在大革命失败后则从实际斗争中转向文化、文学活动。他们志同道合，都希望借文学来推进革命。这样的成员构成决定了太阳社的文学倾向：积极提倡左翼文学，以文学的方式反映工农大众的生活与斗争，表现无产阶级的理想和追求，以期对革命产生助益。太阳社出版的书刊较多，在左翼文学理论建构和文学创作方面卓有成就。

后期创造社是创造社发展到后期的形态。创造社成立于 1921 年，是新文学第一个十年中与文学研究会并列的社团。创造社成立之初，成员主要是郭沫若、郁达夫、成仿吾、张资平、田汉、郑伯奇等从日本留学归来的学生，他们提倡"为艺术"的文学，主张自我表现和个性解放。大革命时期，创造社主要成员郭沫若、成仿吾、郑伯奇等倾向革命并转换文学观念，抛弃自我表现的文学观，主张文学为革命服务。1927 年，成仿吾邀请留学日本的李初梨、冯乃超、彭康、朱镜我等思想激进的年轻作家回国加入创造社。于是，转向革命的创造社元老和思想激进的创造社新锐齐聚上海，共同提倡左翼文学，创造社也获得了全新的个性，发展为后期创造社。

我们社 1928 年 5 月成立于上海，洪灵菲、戴平万、林伯修是主要发起人。我们社创办了晓山书店，发行《我们月刊》，出版"我们社丛书"，洪灵菲的长篇小说《前线》就是丛书之一。我们社和太阳社关系密切，其主要成员洪灵菲、戴平万、林伯修同时也是太阳社成员，因而两个社团的文学主张基本一致。

引擎社成立于1929年春，发起人有孟超、董每戡、彭芮生等。1929年5月，引擎社成员创办综合性的文学和社会科学月刊《引擎》，出版一期后因遭南京国民政府查禁而停刊。此外，引擎社还出版了《引擎丛书》。从《引擎》月刊所发表的文章可以看出，引擎社的文学观念与太阳社、后期创造社的文学观念同样较为接近。

此时的上海非常适合左翼作家的发展。如前所述，上海是全国经济中心，有着发达的出版业和图书市场。上海既有老牌的商务印书馆和中华书局等大型图书出版发行机构，也有创造社出版部、春野、开明、光华等新兴书店。这些书店大都经营新文艺书刊。新文艺书店中的佼佼者北新书局此时也迁移到了上海。发达的出版业为左翼文学著作和期刊的出版发行创造了条件。也正是得益于上海发达的出版业，太阳社、后期创造社才能顺利出版书刊，汇聚同道。其次，上海有面积较大的租界。英美等帝国主义列强在上海设立的租界是现代中国成为半殖民地社会的表征，是中国人民心中的痛点。不过，租界享有治外法权和行政管理权，其存在为当时受到南京国民政府迫害或威胁的革命者提供了相对自由的生活和文学活动空间。左翼作家多是共产党员，其中还有不少是革命者，他们是南京国民政府的反对者和批评者，租界给了这些作家较为安全的政治庇护所。上海左翼作家大都居住或工作于租界。例如，太阳社的社址位于北四川路1999弄32号，创造社出版部位于北四川路1811弄41号，这两处属于公共租界；鲁迅在上海的住所位于公共租界北区的越界筑路区域，这一处属于"半租界"；柔石初到上海的时候，住在法租界的一间亭子间里。依托上海这个特殊的现代化大都市，左翼作家阵营不断扩大，左翼文学迅速生长。

二、左翼文学期刊的创办

文学期刊是文学流派或团体发言的阵地。拥有自己的文学期刊，就拥有了发表文学主张和文学作品的便利条件，也能够巩固原有的文学力量并发展新人。因此，左翼作家非常重视文学期刊的创办和维护。1928—1929 年，左翼作家先后创办了多种文学期刊。借助于这些期刊，左翼文学阵营发出了自己的声音，并产生了较大的影响。

1928 年 1 月 1 日和 1 月 15 日，左翼文学的两大期刊——《太阳月刊》和《文化批判》先后创刊。同年 1 月 1 日，停刊近半年的《创造月刊》出版第 1 卷第 8 期，这一期月刊风格和内容发生极大转变，成为左翼文学的另一阵地。这几个期刊聚集了大量左翼作家，他们共同倡导左翼文学，形成浩大声势，影响遍及全国。

《太阳月刊》由太阳社创办，蒋光慈、钱杏邨主持。《太阳月刊》是太阳社最重要的期刊，共出版 7 期，主要撰稿人有蒋光慈、钱杏邨、杨邨人、孟超、楼建南、刘一梦等。《太阳月刊》发表了较多的文学作品，主要有小说、诗歌、戏剧和随笔等。除文学作品之外，该刊还发表文学批评和文学理论文章。蒋光慈的重要论文《现代中国文学与社会生活》《关于革命文学》即发表于创刊号。《太阳月刊》创刊号上，蒋光慈撰写了《卷头语》。《卷头语》是太阳社和《太阳月刊》的宣言，里面充满了极具鼓动性的诗句，如，"太阳是我们的希望，太阳是我们 的象征""弟兄们！向太阳，向着光明走！我们也不要悲观，也不要徘徊，也不要惧怕，也不要落后。我们相信黑夜终有黎明的时候，正义也将不终屈服于恶魔手。我们只有奋斗，因为除开奋斗而外，我们没有出路。倘若我们是勇敢的，那我们也要如太阳一样，将我们的光辉照遍全宇宙"。❶ 在左翼文学的话语中，"太阳""光明""黑夜""黎明"等具有丰富而明确的象征意义。

❶ 蒋光慈. 卷头语 [J]. 太阳月刊，1928（1）.

"太阳"是太阳社和《太阳月刊》的名字，也是《卷头语》中最核心的意象。"太阳"在蒋光慈的话语系统中，象征着无限的能量，无私的奉献，中国的新生，全人类的解放。"光明""黎明"象征着无产阶级革命斗争的胜利。"黑夜"则象征着帝国主义的野蛮侵略和资产阶级的残暴统治。这样的卷头语表明了太阳社同人革命的决心和勇气，确定了《太阳月刊》积极的精神面貌和宏大的文学视野。事实上，《太阳月刊》确实始终贯彻了讴歌革命、反抗黑暗的办刊宗旨，该刊所登载的文学作品、理论文章和译作全部是关于革命和阶级斗争的。此外，该刊所发表的文学作品有着较高的艺术水平。无论从思想内容上看，还是从艺术水平上看，《太阳月刊》都堪称此阶段左翼文学期刊的代表。

《文化批判》由后期创造社成员创办，李初梨、冯乃超、朱镜我、彭康等主持，主要撰稿人有李初梨、冯乃超、成仿吾、朱镜我、彭康、郭沫若、龚冰庐等，共出版 5 期。《文化批判》是后期创造社的重要刊物，成仿吾为《文化批判》创刊号写了《祝词》。《祝词》指出，该刊的任务就是"贡献全部的革命的理论"，"从事资本主义社会的合理的批判"。● 这个刊物是后期创造社宣传马克思主义理论的阵地，所发表的文章包括文学、哲学、经济、社会、政治等方面的内容。《文化批判》并非纯文学期刊，不过，文学理论研究是其中的重要组成部分。冯乃超的《艺术与社会生活》，李初梨的《怎样地建设革命文学》等左翼文学的重要理论文章都发表在《文化批判》上。《文化批判》介绍了较多的苏联、日本左翼文学理论。为了实现理论的普及，该刊特辟"新词源"栏目，介绍"辩证法""辩证法的唯物论""唯物辩证法""奥伏赫变""布尔乔亚""普罗列塔利亚特""普罗列塔利亚""意德沃罗基""帝国主义""生产力"等与左翼文学有关的新概念。《文化批判》是后期创造社发表社会思想和文学思想的重要场所，其观念较为新

● 成仿吾. 祝词 [J]. 文化批判，1928（1）.

锐和激进。值得指出的是，后期创造社发起的革命文学论争主要是依托《文化批判》进行的。

《创造月刊》是贯穿前期创造社和后期创造社的期刊，是后期创造社最重要的期刊之一，该刊 1926 年 3 月创办于上海，在 1928 年之前，先后由郁达夫、成仿吾主编。与主要登载文化思想类文章的《文化批判》不同，《创造月刊》是一份纯文艺期刊。该刊主要刊登创造社成员的文学作品和理论文章。该刊初期体现出典型的早期创造社风格，主要发表唯美的、表现自我的小说和诗歌，以及部分翻译的论文。不过，该刊不久就表现出"转换方向"的态度。郭沫若提倡左翼文学的《革命与文学》一文即发表于《创造月刊》第 1 卷第 3 期，文章指出，"时代所要求的文学是表同情于无产阶级的社会主义的写实主义的文学"。❶ 该刊出至第 1 卷第 7 期（1927 年 7 月 15 日）停刊。1928 年 1 月 1 日，《创造月刊》复刊，出版第 1 卷第 8 期，由青年诗人、左翼作家王独清主编。从这一期起，《创造月刊》开始明显转向，大力提倡无产阶级革命文学。复刊后的《创造月刊》没有完全消除唯美主义文学的印痕，如在第 1 期上还发表了王独清的象征主义组诗《凋残的蔷薇》，张资平的恋爱小说《青春》等非左翼文学作品，但该刊的大部分内容都与左翼文学相关。郭沫若的《英雄树》，蒋光慈的《十月革命与俄罗斯文学》，成仿吾的《从文学革命到革命文学》等左翼文学重要理论文章都发表于这一期。复刊后的《创造月刊》除了发表左翼理论文章，还发表了不少左翼文学作品，郑伯奇的剧本《抗争》《牺牲》，王独清的诗歌《我归来了，我底故国！》，龚冰庐的小说《炭矿夫》，蒋光慈的小说《菊芬》，郭沫若的小说《一只手》等都发表于其上。该刊 1929 年 1 月 10 日出至第 2 卷第 6 期停刊。

---

❶ 郭沫若. 革命与文学 [M] // 郭沫若全集·文学编（第 16 卷）. 北京：人民文学出版社，1989：43.

《太阳月刊》《文化批判》和转向后的《创造月刊》同在 1928 年 1 月推出，这对于左翼文学的发展来说具有非常重要的意义。这意味着沉寂了一段时间的左翼文学的强势回归和快速发展，也展现了左翼文学阵营的实力。尽管这三份期刊因遭到南京国民政府查禁而先后停刊，但它们在文学场上引来了极大的关注，产生了广泛的影响，为推动左翼文学的快速发展作出了重要贡献。1928—1929 年左翼作家创办的文学期刊还有多种。主要有：创造社的《畸形》《流沙》《日出》，太阳社的《时代文艺》《新流月报》《海风周报》，我们社的《我们月刊》，引擎社的《引擎》等。这些期刊的左翼特色同样非常明显。如《我们月刊》，编者将该刊比作使反动派闻风丧胆的战鼓。尽管该刊只出版了三期，但从其发表的文章来看，该刊的政治文化立场、内容与风格与《太阳月刊》《创造月刊》等是高度相似的。该刊创刊号发表了钱杏邨的论文《"朦胧"以后》，成仿吾的论文《革命文学的展望》，洪灵菲的小说《前线》，戴平万的小说《激怒》等。从《我们月刊》创刊号的作者和作品可以看出，该刊汇集了我们社、太阳社、后期创造社的主要成员，所发表的大都是左翼文学理论和作品。《我们月刊》之外，其他左翼期刊同样有着类似的革命文化立场、内容和风格，这些期刊共同构成特色鲜明、相互关联、互相呼应的左翼文学期刊系列。左翼期刊的大量出现成为左翼文学思潮形成的重要标志。

三、左翼文学核心力量的凸显

文学思潮的形成涉及报刊创办、社团组建、理论建构、风格形成、成员凝聚等众多具体问题，需要能力出众者进行号召和协调。一般而言，这样的能力出众者往往会成为文学思潮的代表作家，加快思潮形成的步伐。左翼文学形成过程中，有几位作家十分活跃，或是善于联络友朋，或是长于理论建构，或是对于左翼文学作出了重大贡献，成为左翼文学思潮中的核心力量。这几位作家分别是蒋光慈、钱杏邨、成仿吾、郭沫若。

（一）蒋光慈

蒋光慈是太阳社和《太阳月刊》的创始人之一，是太阳社最负盛名的成员，是当时公认的"普罗文学"大师。在 1928 年之前，蒋光慈就已经卓有文名。蒋光慈有留学苏联的经历和数年的左翼文学创作经验，对左翼文学有着深刻的理解，也做出了重要成绩。1928 年前后，蒋光慈通过成立社团、创办刊物等活动，进一步推动左翼文学的发展，在左翼文学思潮的形成过程中发挥了重要作用。作为《太阳月刊》的主编和重要撰稿人，蒋光慈为《太阳月刊》确定方向，联络同道，同时在《太阳月刊》中发表了不少重要的理论文章和文学作品，是太阳社和《太阳月刊》的核心力量。蒋光慈还是联络太阳社和后期创造社的重要纽带。蒋光慈不仅是太阳社成员，也是创造社成员，在成立太阳社后，仍然与创造社保持着密切的联系。他的《十月革命与俄罗斯文学》在 1928 年之前一直在《创造月刊》上连载。1928 年后，该文的第五部分《叶贤林》和第六部分《谢拉皮昂兄弟——革命的同伴者》，以及中篇小说《菊芬》等都发表于《创造月刊》。

蒋光慈曾经留学苏联，对苏联的文学发展情况和文学主张有着深入的了解，受苏联左翼文论影响极深。他是太阳社最重要的理论家和作家，他在《现代中国文学与社会生活》等论文中提出了鲜明的左翼文学主张，同时发表了大量的左翼文学作品。他的理论和创作深刻地影响了左翼作家的文学观念和文学创作。

蒋光慈还以丰富的创作实践着自己的文学主张。他的《新梦》《哀中国》等诗集，《少年漂泊者》《鸭绿江上》《短裤党》《田野的风》等小说是左翼文学的重要收获。尽管这些作品在艺术上存在公式化概念化的弊病，但它们在当时是新兴的左翼文学的代表，开创了一个时代的文风。这些作品吸引和培养了大量左翼文学读者，扩大了左翼文学的影响。

蒋光慈与瞿秋白、钱杏邨、郭沫若等重要左翼作家有着深厚的交情。他在苏联留学期间结识瞿秋白，二人在政治见解和文学观念上有许多共同之处，从此成为终生的挚友，也成为左翼文学的同道。蒋光慈与钱杏邨是少年时代就相识相知的好友，他们共同成立太阳社，创办《太阳月刊》，在文学观念上彼此接近，在文学活动上互相支持。蒋光慈与郭沫若结识于 1925 年。郭沫若是蒋光慈唯一认可的五四作家，蒋光慈对郭沫若极为支持。例如，1926 年，郭沫若发表《穷汉的穷谈》一文，蒋光慈随后发表致郭沫若的公开信，表达对郭沫若观点的肯定与呼应。

留学苏联的经历、与重要左翼作家的交谊、在左翼文学社团、期刊、创作、理论方面的重要贡献，加上强烈的发展左翼文学的意愿，使蒋光慈成为左翼文学的中坚力量。

（二）钱杏邨

钱杏邨是太阳社的重要成员，也是左翼文学流派的中坚力量。他是蒋光慈的朋友和同志，二人志趣相投，共同成立太阳社，共同主持《太阳月刊》。钱杏邨是最勤奋、最权威的左翼批评家之一，他写下了大量批评文章，并出版了《现代中国文学作家》《文艺批评集》《力的文艺》等文集。钱杏邨赞成"文学是宣传"的文学功用观。在他看来，文学要发挥宣传作用，就需要有把握时代的能力。因此，在进行作家作品评价时，钱杏邨十分重视作品的内容，认为体现了无产阶级革命这种时代精神的作品才是真正的革命文学。钱杏邨指出，"伟大的创作是没有一部离开了它的时代的。不但不离开时代，有时还要超越时代，创造时代，永远的站在时代前面"。❶钱杏邨以"是否体现时代精神"作为评判文学作品优劣的标准，据此肯定蒋光慈等左翼作家的作品，否定文学革命以来的大部分作家和作品。

钱杏邨十分认可蒋光慈的作品。他指出，蒋光慈"是这个时代中国多数民众所要求的诉说者！实在的，假使我们展开他的创作，是没有一本离开群众的，是没有一本不革命的"。他还指出，蒋光慈的《少年漂泊者》《鸭绿江上》《短裤党》分别代表了青年革命的第一期、第二期、第三期，"在这三部创作里，把四五年来的青年心理整个的表现了，把近几年来的革命在青年心里力量的进展全部表现了"。❷《野祭》写出了"婚姻的阶级性"，是中国文坛第一部能够代表时代的恋爱小说。❸钱杏邨对茅盾的《蚀》三部曲所表现的"时代精神"也给出了较高评价。他说，"《幻灭》是一部描写在大革命时代及革命以前的小资产阶级女子的游移不定的心情，及对于革命的幻灭，同时又描写青年的恋爱狂的一部有时代色彩的小说"，❹《动摇》"是很重要很能代表值得一读的。虽然技巧有一些缺陷，但是规模俱在；虽然象征的模糊，我们终竟能在里面捉到革命的实际"。❺

钱杏邨最著名的批评文章是《死去了的阿Q时代》。这篇文章根据"是否体现时代精神"这一原则分析鲁迅的《呐喊》《彷徨》《野草》，几乎全盘否定了

---

❶ 钱杏邨.《英兰的一生》[J]. 太阳月刊，1928（1）.

❷ 阿英. 蒋光慈与革命文学 [M] // 阿英全集（第2卷）. 合肥：安徽教育出版社，2003：85-91.

❸ 钱杏邨. 野祭 [J]. 太阳月刊，1928（2）.

❹ 钱杏邨. 幻灭 [J]. 太阳月刊，1928（3）.

❺ 钱杏邨. 动摇 [J]. 太阳月刊，1928（7）.

鲁迅的小说和散文诗的价值。他说，"鲁迅的创作，我们老实的说，没有现代的意味，不是能代表现代的，他的大部分创作的时代是早已过去了，而且遥远了""鲁迅的创作不能追随时代、抓住时代、超越时代，总之是不能代表时代，只能代表清末以及庚子义和团暴动时代的思想"。❶钱杏邨以阶级分析的方法机械地谈论时代性问题，未能领会鲁迅作品的深邃思想和批判精神，这是这篇文章的主要缺失。钱杏邨重内容轻形式的批评观也助长了左翼文学轻视艺术性的不良风气。不过，这篇文章创建了一个宏大的批评框架，为左翼文学批评作出了示范。文章批评鲁迅作品未能给民众指出明确的出路，对于站在左翼立场的钱杏邨来说尚属中肯。

钱杏邨通过大量文学批评建构了左翼文论和左翼批评范式，为左翼文学的合法性作了辩护。钱杏邨的文学观念和批评方法在左联时期遭到了左联内部和其他流派的清算，但纵观左翼文学的发展过程，可以发现钱杏邨文学批评的强大力量，如论者所说，"钱杏邨的批评以其理论的雄辩和穿透力对现代批评构成了有力的冲击和挑战，并且其批评模式产生了长期的影响"。❷

除了理论建构，钱杏邨也进行了左翼文学创作。1928 年，钱杏邨先后出版了短篇小说集《革命的故事》《义冢》、中篇小说《一条鞭痕》等作品，彰显了左翼文学的创作实绩。文学批评、论争、创作等方面的成绩使钱杏邨成为左翼作家中的另一位核心人物。

（三）郭沫若

郭沫若是创造社元老，是创造社最早转向左翼文学的作家。郭沫若是蒋

---

❶ 阿英. 死去了的阿 Q 时代 [M] // 阿英全集（第 2 卷）. 合肥：安徽教育出版社，2003：8-9.

❷ 旷新年. 1928：革命文学 [M]. 北京：人民文学出版社，2017：129.

光慈、冯乃超等人唯一认可的"革命的"五四作家，也是后期创造社所坚持认为的中国第一个提倡革命文学的作家。郭沫若是后期创造社的精神领袖。

郭沫若最初是以浪漫主义诗人的身份走上文坛的。郭沫若拥有杰出的文学才华。五四时期，郭沫若发表了大量作品，主要有诗集《女神》，剧本《卓文君》《王昭君》《聂嫈》，心理分析小说《残春》等，这些作品充满瑰丽的想象和热烈的情感，表达了作家对于国家的热爱，对社会新生的期盼，以及对个性解放的追求。不过，郭沫若没有沿着这种自由主义文学路向走下去，而是呼应着时代革命的要求转向左翼文学。郭沫若在 1923 年 5 月即发表《我们的文学新运动》，文中提出"要在文学之中爆发出无产阶级的精神"的主张。❶ 1926 年 5 月 1 日，郭沫若发表《文艺家的觉悟》一文指出，"我们现在所需要的文艺是站在第四阶级说话的文艺，这种文艺在形式上是写实主义的，在内容上是社会主义的"。❷ 半个月后，郭沫若发表《革命与文学》一文，更加明确地表明了左翼立场。文章为革命文学作了界定，并号召青年作家"到兵间去，民间去，工厂间去，革命的漩涡中去"，从而成为"革命的文学家"。❸ 值得一提的是，郭沫若本人忠实地践行了"到兵间去，民间去，工厂间去，革命的漩涡中去"的理念，于 1926 年 7 月参加北伐，1927 年发表《请看今日之蒋介石》，揭露蒋介石背叛革命的面目，1927 年 8 月参加南昌起义，以笔和枪履行革命者的使命。1928 年 2 月，郭沫若为避南京国民政府的通缉流亡日本。在去国期间，他也一直关注和参与国内左翼文学的发展。1928 年，郭沫若在《创造月刊》《文化批判》等期刊发表多篇论文，如化名麦克昂发表的《英雄树》《留声机器的回音——文艺青年应取的态度的考察》《桌子的跳舞》等。在这些文章中，郭沫若提倡宣

❶ 郭沫若. 我们的文学新运动 [M] // 郭沫若全集·文学编（第 16 卷）. 北京：人民文学出版社，1989：5.

❷ 郭沫若. 文艺家的觉悟 [M] // 郭沫若全集·文学编（第 16 卷）. 北京：人民文学出版社，1989：29-30.

❸ 郭沫若. 革命与文学 [M] // 郭沫若全集·文学编（第 16 卷）. 北京：人民文学出版社，1989：43.

传式的文艺观，呼吁青年当无产阶级革命理论的"留声机器"，批评自由主义作家。这些文章引起了后期创造社内部对于左翼文学性质和功能的讨论。郭沫若在批评自由主义作家时持论偏激，态度强势，招致自由主义作家的质疑，却赢得了左翼作家的拥护。

郭沫若积极提倡左翼文学，切实建构左翼文论，义无反顾地从自由主义作家转为左翼作家，并投身于实际革命工作，这些成绩和行为为郭沫若积累了丰厚的文化资本，使郭沫若成为左翼作家中举足轻重的存在。

（四）成仿吾

成仿吾也是创造社元老，是后期创造社实际上的领袖。创造社的转向、后期创造社成员的凝聚、《文化批判》杂志的诞生都与成仿吾密切相关。成仿吾最初踏上文坛时，主张创作自我表现的文学。1925年前后，成仿吾逐渐转向左翼文学。1926年，成仿吾发表论文《革命文学与他的永远性》，他强调文学创作"要紧的是所传的感情是革命的"。❶ 1927年，成仿吾东渡日本，与当时留学日本的李初梨、冯乃超、彭康、朱镜我等人见面，邀请他们加入创造社，开展左翼文学活动。李初梨等人应邀退学回国，与成仿吾一起创办《文化批判》，成为后期创造社的骨干。《文化批判》共出五期，成仿吾为其中的四期撰写了卷首语，分别是《祝词》《打发他们去》《维持我们对于时代的信仰！》和《智识阶级的革命份子团结起来！》。发表于创刊号上的《祝词》引用列宁"没有革命的理论，就不会有革命的运动"的名言，强调无产阶级理论学习的重要性。文章指出，《文化批判》的任务就是"贡献全部的革命的理论"，对资本主义社会和帝国主义进行合理批判，"这是一种伟大的启蒙运动"。他认为，要"批判

---

❶ 成仿吾. 革命文学与他的永远性 [J]. 创造月刊，1926，1（4）.

旧文艺的内容和形式，使旧的奥伏赫变至于新的"。❶ "伟大的启蒙"这一说法明确了《文化批判》的使命和地位，彰显了左翼文学的思想教育功能，也展现了成仿吾的理论自觉。其他三篇《卷首语》从不同的角度立论，表达对五四自由主义作家的否定和拒斥，以及对革命知识分子团结奋斗的期许，具有鼓动人心的力量。

成仿吾1928年还发表了《从文学革命到革命文学》《全部的批判之必要》《革命文学的展望》等重要文章（部分作品署名石厚生、厚生），积极领导和参与左翼文学理论建设和文学论争。在这些文章中，《从文学革命到革命文学》最为重要，为《创造月刊》确定了发展方向。文章主要论述了三个问题：文学革命属于"小资产阶级文学"；创造社是走向"革命文学"的中介；作家要通过"奥伏赫变"——即意识改造——走向革命文学。❷ 这篇论文发表于《创造月刊》第1卷第9期，表明创造社要从之前的表现自我转向服务革命。创造社同人认为它"简直可以说是今后同人要从事于新努力的一篇宣言"。❸ 这篇文章奠定了成仿吾在后期创造社中的核心地位。

成仿吾不仅是后期创造社的核心，也是促成后期创造社和太阳社合作的重要人物。后期创造社和太阳社都属于左翼文学阵营，但在1928年年初，两个社团时有论争，论争内容主要为"创造社和太阳社谁最先倡导革命文学""革命文学建设中，是理论更重要还是创作更重要"等。1928年2月，后期创造社和太阳社召开联席会议，商量共同开展左翼文学运动的相关事宜，两个社团的重要成员出席了会议。成仿吾主持了这个会议，对于消除两个社团的矛盾、促成两个社团的合作发挥了重要作用。

---

❶ 成仿吾. 祝词 [J]. 文化批判, 1928（1）.

❷ 成仿吾. 从文学革命到革命文学 [J]. 创造月刊, 1928, 1（9）.

❸ 王独清. 今后的本刊 [J]. 创造月刊, 1928, 1（9）.

蒋光慈、钱杏邨、郭沫若、成仿吾在左翼文学社团中处于核心地位，他们通过结社办刊团结了大批作家，通过理论建构、文学创作、文学批评扩大了左翼文学的影响，有力地促进了左翼文学思潮的形成。在他们四人之外，还有两位左翼作家值得在此提出，那就是后期创造社的新锐理论家李初梨、冯乃超。他们二人在 1928—1929 年间十分活跃，在文论建构和文学论争方面取得了较好的成绩。

第三节　左翼文学实绩与文学思潮的形成

对于左翼文学来说，1928 年初—1929 年底是非常重要的时段。在这两年中，太阳社异军突起，创造社完成转向，左翼文学社团频繁活动，在左翼文学理论建构、文学创作方面做出了显著成绩。在创办了刊物、凝聚了成员、确立了核心作家之后，有了文学实绩的支撑，左翼文学思潮得以形成。

一、左翼文学理论的进一步建构

中国左翼作家十分重视左翼文学理论的建构。中国左翼文学理论是从国外输入的理论，在国内缺乏根基。为了使这些理论落地生根，中国左翼作家做了许多翻译和介绍的工作。

中国左翼作家的理论主要来自苏联、日本和美国。苏联是无产阶级专政的社会主义国家，左翼文学在苏联是文学主潮，得到了迅速发展；在此时的日本和美国，共产党是合法组织，左翼文学思潮也得到自由发展。中国左翼作家翻译了不少苏联文论原著和以日文转译的苏联文论，以及日本左翼作家文论，以此作为建构中国左翼文论的基础。其中，苏联"无产阶级文化派"的代表波格丹诺夫所提出的"文艺组织生活论"、美国左翼作家辛克莱的"一切的艺术都是宣传"说、日本藏原惟人的"新写实主义"文论，以及日本的福本主义对中国左翼文艺理论的影响最为深远。

1928 年前后，中国作家和文论家通过翻译、述评、论争等方式构建左翼文论。这些理论十分繁杂，其核心问题主要有：左翼文学是什么、为什么写、由谁写、写什么、怎么写，此外，对文学与时代的关系问题的思考也是当时左翼文论的重点。这些理论有的是对前一阶段理论的补充和发展，有的则属新创。后期创造社、太阳社是建构左翼文论的主体。

（一）对于左翼文学的界定

对于"左翼文学是什么"这个问题，李初梨、蒋光慈的论述最为透彻。李初梨在《怎样地建设革命文学》一文中，将左翼文学称为"无产阶级文学"，将其与"写穷的文学""写出无产阶级的理想，表现他的苦闷的文学""描写革命情绪的文学"区别开来，并对其作了如下界定："为完成它主体阶级的历史的使命，不是以观照的——表现的态度，而以无产阶级的阶级意识，产生出来的一种斗争的文学。"❶ "阶级"与"斗争"是李初梨无产阶级文学定义的关键词。这个定义与郭沫若"革命文学是表同情于无产阶级"的提法不同，强调了"无产阶级意识"对于革命文学的统摄作用，明确了创作主体的身份——无产阶级革命者，明确了革命文学的性质——斗争的文学。尤其重要的是，李初梨这篇文章中包含着"左翼文学必须表现'理想的'革命"的意味，因为文章指出，需要以"无产阶级意识"来观照，暗示了左翼文学。李初梨的这一定义对此前的定义具有纠偏作用。

---

❶ 李初梨. 怎样地建设革命文学 [J]. 文化批判，1928（2）.

差不多在同一时间，蒋光慈也对革命文学作了界定。蒋光慈认为，左翼文学是以被压迫的群众为出发点的文学，具有反抗一切旧势力的精神，是反个人主义的集体主义文学。❶蒋光慈的定义中，"压迫"与"反抗"是关键词，整体来看，此定义不及李初梨的精准，但其对集体主义的强调，抓住了左翼文学的另一个重要特征。

（二）对于左翼文学功用的认定

文学的功用问题依然是这一阶段左翼作家重点探讨的理论问题，最具代表性的观点是"文学是宣传"。"文学是宣传"是辛克莱在《拜金主义》中提出的观点，中国左翼作家大多接受了这一观点，并以各自的方式丰富了这一观点。

郭沫若、忻启介、李初梨、冯乃超都是"宣传说"的鼓吹者，其中李初梨的说法最具代表性。在《怎样地建设革命文学》一文中，李初梨首先肯定了文学的性质是"宣传"，他引用辛克莱的话"一切的艺术，都是宣传。普遍地，而且不可避免地是宣传；有时无意识地，然而常时故意地是宣传"，然后将"艺术"换成"文学"，作为自己的结论："一切的文学，都是宣传。普遍地，而且不可避免地是宣传；有时无意识地，然而常时故意地是宣传。"进而指出，文学作为一种"宣传"的媒介，其本身就必须内含有"无产阶级的阶级意识"。❷

钱杏邨也是"文学是宣传"观点的拥护者，在《蒋光慈与革命文学》一文中，钱杏邨指出，蒋光慈"每一部创作的时代背景及其意义，上面已经约略地说明了他的创作是有一贯思想的，每一部有每一部的意义，每一部有每一部的使命，不是幽默的调皮，也不是闲适的消遣，更不是为艺术而艺术的，他的创作是具

---

❶ 蒋光慈. 关于革命文学 [M] // 方铭，马德俊. 蒋光慈全集（第 6 卷）. 合肥：合肥工业大学出版社，2017：75.

❷ 李初梨. 怎样地建设革命文学 [J]. 文化批判，1928（2）.

有一种重大的使命的 Propaganda（宣传）！" ❶

"文学是宣传"说确定了左翼文学的功能和左翼文学存在的价值，是对早期左翼文论中的"文学是阶级斗争的工具"的具体化和明确化，是左翼文学功利性文学观最直接的表达。

（三）对左翼文学作者身份的规定

对于"左翼文学由谁写"这一问题，这一阶段的左翼作家也给出了自己的答案。李初梨认为："我们的文学家，应该同时是一个革命家"。他还指出，无产阶级文学作家不一定出自无产阶级，无产阶级出身者不一定会产生出无产阶级文学，"我以为一个作家，不管他是第一第二……第百第千阶级的人，他都可以参加无产阶级文学运动；不过我们先要审察他的动机。看他是'为文学而革命'，还是'为革命而文学'"，为"革命而文学"的自然就是无产阶级文学家。因此，青年作家应该努力"获得无产阶级的阶级意识""克服自己的有产者或小有产者意识"，"把理论与实践统一起来"，这样才能成为一个无产阶级文学家。❷郭沫若也持同样的观点，他在以麦克昂发表的论文《桌子的跳舞》中指出，一个作家，"不怕他昨天还是资产阶级，只要他今天受了无产者精神的洗礼，那他所作的作品也就是普罗列塔利亚的文艺"。❸在李初梨、郭沫若看来，阶级出身是无法改变的，但阶级意识是可以改造的，只要心向革命，则无论其是什么出身，都能够成为革命的文学家。这样的身份认定，在强调了无产阶级意识的同时，破除了左翼作家的身份障碍，为非无产阶级作家的转向提供了理论支持。

---

❶ 阿英. 蒋光慈与革命文学 [M] // 阿英全集（第 2 卷）. 合肥：安徽教育出版社，2003：92-93.

❷ 李初梨. 怎样地建设革命文学 [J]. 文化批判，1928（2）.

❸ 郭沫若. 桌子的跳舞 [M] // 郭沫若全集·文学编（第 16 卷）. 北京：人民文学出版社，1989：60.

蒋光慈的观点与李初梨、郭沫若有所区别。他指出，中国作家有旧作家和新作家两类：旧作家是落在时代后面的人，无法担负表现时代的责任；新作家是从革命的浪潮里涌现出来的人，是革命的儿子，同时也就是革命的创造者和时代的创造者，唯有他们才是真正地能表现现代中国社会生活。❶在蒋光慈的话语系统里，新作家指的是革命者，他们不一定要拿起枪来去前线打仗，或是直接参加革命运动，作为新作家的革命家，当其写作时，目的是在为人类争自由，为被压迫的群众求解放。蒋光慈同样强调左翼文学要由革命者来创造，但他不信任非无产阶级作家即旧作家，不认为这些作家能够转变为革命的作家。

李初梨、郭沫若、蒋光慈对左翼作家身份的看法的共同点是，他们都十分重视左翼作家的革命者身份，强调左翼作家要获得"无产阶级意识"，以文学为革命服务。这种观点与前一阶段是一致的。区别在于，此时李初梨等人不再要求左翼作家从事革命的实际活动，而是认为，作家只要获得无产阶级意识，其作品就能成为"机关枪，迫击炮"。❷

（四）对左翼文学题材的要求

左翼文学的题材问题也是左翼文论的中心问题。在这一阶段，左翼作家对于题材问题的看法高度一致。他们重视能够表现时代精神的重大题材，要求作家以无产阶级的立场和态度来观照这些题材。蒋光慈认为，左翼文学的题材范围是很广泛的，既可以写工农群众的生活，也可以写土豪劣绅、军阀走狗、贪官污吏等的生活。革命文学可以表现革命党人的英勇，也可以表现

---

❶ 蒋光慈. 论新旧作家与革命文学——读了《文学周报》的《欢迎太阳》以后 [M] // 方铭，马德俊. 蒋光慈全集（第 6 卷）. 合肥：合肥工业大学出版社，2017：78-80.

❷ 李初梨. 怎样地建设革命文学 [J]. 文化批判，1928（2）.

反革命派的卑鄙龌龊。❶ 在蒋光慈看来，题材的价值不在于其种类，而在于其被赋予的意义，只要是于革命本身有利，则描写革命者的生活和暴露敌人的罪恶的都是革命文学。也就是说，相比于写什么，怎么看和怎么写更加重要。郭沫若也表达了类似的观点，他在《桌子的跳舞》中指出，"无产者文艺"并不是只能描写无产阶级，无产阶级的文艺不能缺少对资产阶级生活的描写，反过来，资产阶级的作家也可以描写无产阶级的生活，关键的问题是作家站在哪一个阶级的立场上说话。❷ 郭沫若等人要求文艺青年站在无产阶级的立场上，为无产阶级的革命发声。在他们看来，只要做到了这一点，则无论选择什么题材，所创作的都是无产阶级的文学。

（五）对文学与时代关系的界说

在 1928 年前后的中国文坛，左翼文学是一种新兴的文学。左翼作家对于这种"新"非常在意也非常自信。他们大多接受了苏联的"文学是现实的形象反映"的反映论文学观，认为"没有时代精神的作品是没有伟大性的"，❸ 文学越能表现当前社会关系和社会形态，则越先进，而当前的社会关系和形态是：中国革命的潮流已经到了极高涨的时代。正确反映这种社会关系和形态的左翼文学是紧扣时代的先进的文学，其他文学则是落后于时代的文学。❹ 蒋光慈说，"我们现代的文学对于我们现代的社会生活，是太落后了""革命的步骤实在太

❶ 蒋光慈. 论新旧作家与革命文学——读了《文学周报》的《欢迎太阳》以后 [M] // 方铭，马德俊. 蒋光慈全集（第 6 卷）. 合肥：合肥工业大学出版社，2017：84.

❷ 郭沫若. 桌子的跳舞 [M] // 郭沫若全集·文学编（第 16 卷）. 北京：人民文学出版社，1989：59.

❸ 郭沫若. 桌子的跳舞 [M] // 郭沫若全集·文学编（第 16 卷）. 北京：人民文学出版社，1989：53.

❹ 蒋光慈. 关于革命文学 [M] // 方铭，马德俊. 蒋光慈全集（第 6 卷）. 合肥：合肥工业大学出版社，2017：74-75.

快了，使得许多人追赶不上""这弄得我们的文学来不及表现""我们的文学就不得不落后了"。❶ 成仿吾也认为，"我们远落在时代的后面"。❷ 蒋光慈所说的"我们"，其实是泛指左翼作家之外的一般作家，尤其是五四作家。对于左翼文学与时代的关系，左翼作家相信自己能够表现时代，甚而能够领导时代，如后期创造社期刊《流沙》所说，"我们所处的时代是暴风骤雨的时代，我们的文学就应该是暴风骤雨的文学"❸ "感伤主义的时代已经过去了，自我表现的时代已经过去了……一切表现小资产阶级的丑态的时代都过去了。创造社的同人早已踏在时代的前头，严重的否定了一遍自己，正在努力的克服自己小有产者智识阶级的意识。处在我们这极端骚动的革命时代，我们的文艺运动当有新的目标和新的旗帜"。❹ 对于文学与时代的关系的这种重视，是左翼作家接受"反映论文学观"的结果，也是左翼作家实现文学宣传功能的一种方式。只有聚焦当下正在发生的革命事件，才能表达对革命的关切，表达自己的革命立场，"直接制作鼓动与宣传底作品而与政治运动合流"，❺ 为革命的发展作出实际的贡献。

（六）对"新写实主义"创作手法的思考

太阳社的作家对左翼创作手法问题思考得较多。1928 年 7 月 1 日，《太阳月刊》停刊号发表了林伯修的译作《到新写实主义之路》。原作的标题为《到无

---

❶ 蒋光慈. 现代中国文学与社会生活 [M] // 方铭，马德俊. 蒋光慈全集（第 6 卷）. 合肥：合肥工业大学出版社，2017：67-69.

❷ 成仿吾. 从文学革命到革命文学 [J]. 创造月刊，1928，1（9）.

❸ 同人. 前言 [J]. 流沙，1928（1）.

❹ 后语 [J]. 流沙，1928（2）.

❺ 沈起予. 艺术运动底根本概念 [J]. 创造月刊，1928，2（3）.

产阶级现实主义之路》，作者是藏原惟人。藏原惟人是日本左翼文艺运动的重要领导人。所谓新写实主义，又称"普罗列塔利亚写实主义""无产写实主义""无产阶级写实主义"。新写实主义源于苏联。20世纪20年代中期，苏联的列夫派、岗位派、"拉普"，以及布哈林、波格丹诺夫、沃隆斯基等人的理论表述，给留学苏联的藏原惟人带来启示。藏原惟人回到日本以后提出新写实主义。林伯修在译作中指出了理想主义的艺术和写实主义的艺术的区别：理想主义的艺术是主观的，空想的，观念的，抽象的；写实主义的艺术是客观的，现实的，实在的，具体的。继而，文章指出，写实主义有古代的、封建的和近代的写实主义，新写实主义则专指无产阶级写实主义。无产阶级作家对于现实的态度应该是"彻头彻尾地客观的现实的"。新写实主义的要领在于，以阶级斗争作为作品的主题，以明确的无产阶级的观点来看待和表现"客观"的事物，以确保作品的"正确性"。❶

继林伯修之后，钱杏邨也对新写实主义作了较为详细的介绍。在《关于中国文艺的断片》一文中，阿英指出，新写实主义的特质主要包括以下四点：作家的立场必然是无产阶级立场；作家获得了和个人相反的社会的观点，用社会的观点来观察个人和社会的问题；作家必然获得了明确的阶级的观点，且要以无产阶级的前卫的观点来观察和表现这个世界；在取材上与无产阶级解放有关。❷此外，不属于左翼阵营但积极提倡过左翼文学的陈勺水编译了《日本新写实派代表杰作集》，并为之作序。这篇序言题为《论新写实主义》，发表于《泰东月刊》。该文辨析了已有的无产写实主义和新写实主义的区别，认为当前的左翼文学应称为新写实主义。他指出，新写实派应该包含的性质有以下六点：用社会的集团的眼光；要描写意志；要从人物性格看出社会的活力；富于热情，

---

❶ 藏原惟人. 到新写实主义之路 [J]. 林伯修，译. 太阳月刊，1928（7）.

❷ 阿英. 关于中国文艺的断片 [M] // 阿英全集（第1卷）. 合肥：安徽教育出版社，2003：507

引起大众美感；真实；有目的意识，即有教训的目的。新写实主义作品"能够教训大众的观点，暗示大众的出路，鼓舞大众的勇气，安慰大众的痛苦，满足大众的需要"。●林伯修、钱杏邨、陈勺水等人对藏原惟人新写实主义的介绍和解读，对于新写实主义在中国的传播起到了助推作用。

藏原惟人的新写实主义与中国左翼作家的文学观高度契合，蒋光慈、钱杏邨、林伯修等众多左翼作家接受了这一理论。他们在理论建构和文学批评中，基本上也是以新写实主义作为依据。例如，陈勺水认为，"新写实派的作品，应该站在社会的及集团的观点上去描写""应该是和廿世纪的无产大众应有的人生观社会观相符合的东西""应该是一种光明的东西"。●钱杏邨是较早依据新写实主义文学观进行文学批评的左翼作家。1928 年 7 月，钱杏邨在《太阳月刊》上发表的评茅盾小说的论文《动摇》，其结尾处使用了"新写实主义"这一概念。藏原惟人的新写实主义要求"客观"地表现"理想化"的现实，"客观"和"理想化"是一对相互对立的概念，因而，这个理论存在明显的裂隙。左翼作家在以新写实主义指导创作时往往择取其"理想化地表现社会""为无产阶级服务"等方面的内容，在其指导下的写作也就难免概念化的弊病。可以说，造成 1928—1929 年左翼文学"革命的浪漫蒂克"倾向的原因，在很大程度上要归于对新写实主义的提倡。

从以上梳理可知，1928 年年初—1929 年年底，中国左翼作家在左翼文学理论建构方面用力甚勤，收获颇丰。通过译介国外左翼文学理论，他们极大地丰富和发展了前一阶段的理论思考，建构了较为完备的、成体系的左翼文论，为左翼文学创作、文学批评提供了有效的理论武器。当然，国外的左翼文学理论并没有固定的模式和内容，而是随时代的发展而变化的。在引入和吸收外国左

● 陈勺水. 论新写实主义 [J]. 泰东月刊，1929，1（3）.

● 陈勺水. 论新写实主义 [J]. 泰东月刊，1929，1（3）.

翼文论时，中国的左翼作家有时难免生吞活剥，生搬硬套，但对其中的几个重要问题——左翼文学是什么、为什么、由谁写、怎么写，中国左翼作家有着较为一致且基本稳定的看法，因而能够形成共同的文学思想，推动左翼文论走向深入。

二、左翼文学创作的收获

1928 年 1 月—1929 年底，左翼作家发表了大量文学作品。这些作品大多表达了对黑暗社会的反抗和对光明未来的追求。这个阶段的左翼文学体裁较为丰富，左翼作家们创作了较多诗歌、小说、散文和戏剧。其中，便于抒发情感的诗歌和长于叙述故事的小说是主要文体。

（一）左翼诗歌

1928 年前后，左翼作家中涌现出大批诗人，《太阳月刊》《创造月刊》《我们》等期刊上经常发表革命诗歌。这些诗歌基本上是为了适应阶级斗争的需要而写的，鲜明的政治性、强烈的抒情性、语言上的大众化是它们的共同特点。

此阶段的左翼诗人主要有郭沫若、蒋光慈、殷夫、冯乃超、王独清、钱杏邨、洪灵菲等，其中成绩最显著的是郭沫若、蒋光慈和殷夫。

在五四时期，郭沫若是最负盛名的浪漫主义诗人。他以热烈华美的《女神》登上诗坛，开创了一代诗风。《女神》有着瑰丽的想象、饱满的情感，表达了对个性解放的强烈要求，是五四个人主义诗歌的代表。在提倡左翼文学之后，郭沫若逐渐放弃了对个人情怀的书写，开始创作抒发集体革命激情的诗歌。诗集《恢复》就是郭沫若在左翼诗歌创作上的重要收获。《恢复》出版于 1928 年 3 月，共收 24 首现代诗，这些诗全部创作于 1928 年 1 月 5 日—16 日的半个月中，是作者革命情绪的艺术化表达。作者将革命理想和自身参加大革命的感受熔于一炉，将浪漫主义的抒情根植于现实生活的土壤上，诗风热烈真诚，慷慨悲壮，部分诗歌有着感动人心的力量。诗集《恢复》表明诗人昂扬的斗志和为革命牺牲的勇气，如诗歌《恢复》写道："革命家的榜样就在这粗俗的话中，我要保持态度的彻底，意志的通红，我的头颅就算被人锯下又有甚么？世间上决没有两面可套弦的弯弓。"❶诗集《恢复》也表达了对敌人的无畏和对无产阶级必胜的信心，如《如火如荼的恐怖》中有这样的诗句："要杀你们就尽管杀罢！你们杀了一个要增加百个，我们的身上都有孙悟空的毫毛，一吹便变成无数个新我。"❷《黄河与扬子江的对话（之二）》写道："他们有三万万二千万以上的贫苦农夫，他们有五百万众的新兴的产业工人，这是一个最猛烈、最危险、最庞大的炸弹，它的爆发会使整个的世界平地分崩！"❸长诗《我想起了陈涉吴广》是《恢复》中的名篇。诗歌首先回顾了陈胜、吴广起义的经过，称颂古代农民起义军的伟大的力量："就这样他们的暴动便告了成功，就这样秦朝的江山便告了灭亡。"接着描述了中国农民的悲惨命运，然后愤激地揭出造成农民悲惨命运的原因："农民生活为甚么惨到了这般模样？朋友哟，这是我们中国出了无数的始皇！还有那外来的帝国主义者的压迫比秦时的匈奴还要有五百万倍的嚣张！"最后，诗人满怀信心地说："可我们的农民在三万二千万人以上，困兽犹斗，我不相信我们便全无主张。我不相信我们便永远地不能起来，我们之中便永远地产生不出陈涉、吴广！更何况我们还有五百万的产业工人，他们会给我们以战斗的方法，利炮，飞枪。在工人领导之下的农民暴动哟，

---

❶ 郭沫若. 恢复 [M] 郭沫若诗集. 厦门：鹭江出版社，2010：254.

❷ 郭沫若. 如火如荼的恐怖 [M] 郭沫若诗集. 厦门：鹭江出版社，2010：279.

❸ 郭沫若. 黄河与扬子江的对话（之二）[M] 郭沫若诗集. 厦门：鹭江出版社，2010：277.

朋友，这是我们的救星，改造全世界的力量！"●《恢复》中的诗多是政治抒情诗，这些诗或者描写现实，或者回顾历史，表达了反帝反封建的革命激情，表达了必胜的信心。这些诗有着《女神》式的热烈，更有《女神》所未有的粗暴，展现了由"我们"所构成的革命集体的力量。这些诗语言直白，情绪直露，如战鼓、如号角，在那个政治高压的时代，确实能够起到较好的宣传作用。不过，从艺术的角度来看，《恢复》中的诗也正因为直白和直露而少了诗歌的韵味。

蒋光慈擅长写作政治抒情诗，他在前一阶段即已出版了左翼诗集《新梦》《哀中国》。1928—1929 年，蒋光慈发表了长诗《哭诉》和其他诗作。《哭诉》是一首抒情诗。诗歌回顾了自己的生平，剖析了自己的思想，其核心内容则是向母亲哭诉社会的黑暗和人心的险恶，向祖国表达自己的热爱和为之奋斗的决心。诗人写道："我几次投笔从军，将笔杆换为枪杆，祖国已经要沦亡了，我还写什么无用的诗篇？而今的诗人是废物了，强者应握有枪杆，我应当勇敢地荷着武器与敌人相见于阵前"。● 这首诗延续了蒋光慈以往的诗歌风格，感情真挚，用语率直，具有鼓舞人心的力量。

殷夫的《死神未到之前》写于狱中，发表于《太阳月刊》。这是诗人正式发表的第一首诗。诗人在狱中做好了牺牲的准备，写这首诗是为了向亲友告别。诗中写道："朋友，有什么呢？革命本身就是牺牲，就是死，就是流血，就是在刀枪下走奔！"● 这首诗写出了诗人殷夫对革命的清醒认识，承载着诗人大无畏的革命精神，是殷夫诗歌的代表作之一。在这两年中，殷夫还有不少诗歌问世。其中《血字》《别了，哥哥》都写于 1929 年。《血字》为纪念"五卅运动"而作，

● 郭沫若. 我想起了陈涉吴广 [M] 郭沫若诗集. 厦门：鹭江出版社，2010：272-274.

● 蒋光慈. 哭诉 [M] // 张大明. 中国左翼文学编年史. 北京：社会科学文献出版社，2013：234.

● 任夫. 死神未到之前 [J]. 太阳月刊，1928（4）.

《别了，哥哥》则是以诗的形式向代表了资产阶级的哥哥告别。两首诗洋溢着对"我们"的力量的自信和对统治阶级的蔑视，以及义无反顾的自我牺牲精神。

此外，冯宪章的《战歌》，龚冰庐的《晨光在望》，洪灵菲的《我们有历史的保证》，黄药眠的《五月歌》等，都是较具代表性的左翼诗歌。

总体上看，这个阶段左翼诗歌数量较多，艺术上有许多共同之处，如惯于表达"我们"这个群体的而不是个人的诗情，常用浅白、直接的方式表达感情和思想，多用"起来""反抗""革命""牺牲""阶级""斗争"等充满力量的词语，对无产阶级未来的描画充满理想色彩，等等。这些共同的艺术特征造成了左翼诗歌激昂、悲壮的风格。不过，这些诗也存在共同的缺点，那就是过于浅白，缺少诗味，有时显得比较粗糙。

（二）左翼小说

1928—1929 年，左翼小说创作非常繁荣，太阳社、后期创造社的期刊上发表了不少短篇、中篇小说，也连载过数部长篇小说。除了在报刊上连载，这个阶段单独出版发行的小说也有不少，如钱杏邨的短篇小说集《革命的故事》，洪灵菲的长篇小说《流亡》三部曲等。

太阳社的蒋光慈、洪灵菲、杨邨人、孟超、刘一梦、楼建南、戴平万都擅长小说创作。蒋光慈在这个阶段发表了中篇小说《菊芬》《最后的微笑》《丽莎的哀怨》，以及若干短篇小说。其中，《菊芬》和《最后的微笑》是典型的左翼小说。《菊芬》的情节围绕革命文学家江霞和女青年菊芬展开。江霞喜欢菊芬，却爱而不得，他转而反思，武力和革命文学，哪个对实际的革命更有用。《最后的微笑》讲述纱厂青年工人王阿贵反抗工头的压迫，偷了一支枪暗杀了几个工头，最后在巡捕的围捕中自杀的故事。这两篇小说都写了革命者反抗强敌、奋不顾身的故事，也都有恋爱的故事穿插其中，《菊芬》中是江霞对菊芬的爱情，《最后的微笑》是王阿贵对沈玉芳的爱情。两篇小说中的爱情都是失败的，这实际上暗示了作者的观点：可以因革命而恋爱，却不能以恋爱妨碍革命。《丽莎的哀怨》的主题比前两部要复杂一些。这部 6 万字的小说在当时被看成长篇。小说描写俄罗斯贵族妇女丽莎在十月革命后的悲剧命运。她和丈夫一起流亡到上海，为了衣食苦苦挣扎。丽莎在流亡期间备尝生活的艰辛，后来沦落风尘，最终带着身体的疾病和精神的痛苦跳海自杀。这部小说以丽莎为叙述视角，表现了丽莎复杂的心态。丽莎这一形象塑造得较为丰满，既写出了丽莎对革命的否定，也写出了丽莎的善良。小说细致描写了丽莎的心理，渲染了她的"哀怨"，这样的写法突出了"人性"而忽视了"革命性"，不符合左翼作家对左翼小说的期待。因而，这部小说遭到左翼阵营内部的批评，被认为表达了对白俄的同情。事实上，整体上看，蒋光慈在这部小说中依然坚持了左翼立场，表达了对俄国十月革命的积极肯定，以及对非革命者、反革命者的否定，小说展现了蒋光慈突破"革命加恋爱"模式的努力，只是这种努力的结果与当时中国左翼阵营的革命情绪相抵触，因而遭到了否定。此后，蒋光慈回归了"革命加恋爱"的写作路数，写下了《冲出云围的月亮》等"革命加恋爱"小说。

洪灵菲也是太阳社重要的小说家。1928 年，他先后出版了长篇小说《流亡》三部曲，分别是《流亡》《转变》《前线》。这些作品都是典型的左翼小说。《流亡》的主人公是 K 大学的毕业生、M 党部重要职员沈之菲，他在广州从事革命工作，"四一二"反革命政变发生后受到通缉，从此开始了积极奋斗的流亡之路，在这个过程中不断成长，成为坚定的革命者。《流亡》用了较多笔墨描写沈之菲与黄曼曼的爱情，是典型的"革命加恋爱"小说。在这部小说中，爱情和革命不是互相冲突，而是互相促进的，沈之菲和爱人一起追求革命，在爱人的鼓励下坚定了革命的信念。《流亡》是一部富有"自叙传"色彩的小说，小说的题材来自洪灵菲本人的经历。洪灵菲出生于广东省潮安县，1926年加入中国共产党，积极从事革命工作。大革命失败后，洪灵菲遭到叛变革命的南京国民政府的通缉，被迫流亡。洪灵菲先是流亡到香港，后来又漂泊到南洋。《流亡》基本上是按照洪灵菲自己的革命和流亡道路组织内容的，结构上较为松散。不过，相比于一般的"革命加恋爱"小说，《流亡》的题材更独特，内容更丰满，情感更真实，受到读者的欢迎，两年内出版了三次。

杨邨人有《女俘虏》《田子明的死》等小说。《女俘虏》叙说了女革命者英勇斗争的故事：十几个女革命者当了俘虏，被关押在看守所里。她们坚强勇敢，唱着《国际歌》，和看守所所长作斗争。孟超有《冲突》等小说。《冲突》写的是大革命中几个青年知识分子的情感冲突。他们在基层组织工人暴动，面临着爱情与革命相冲突的情形，他们的看法是，革命为重，爱情为轻。刘一梦有《车厂内》《雪朝》《失业以后》等小说。《车厂内》写的是上海电车工人罢工的故事，《雪朝》写的是小学教师带领农民暴动的故事，《失业以后》写S纱厂工人罢工的故事。这些小说中的革命者都富有反抗精神，为革命不惜牺牲。楼建南发表了《烟》等小说。《烟》写的是革命者陈安明的故事，他在白色恐怖下积极从事革命工作，最后被敌人杀害。戴平万有《小丰》等小说。《小丰》写铁路工人的儿子小丰积极参加革命的故事。

后期创造社的小说作者主要有华汉、龚冰庐、郭沫若等。华汉的短篇小说《马林英》描写了革命女青年马林英驰骋疆场，最后从容就义的故事；中篇小说《暗夜》写大革命时期岭南农民的土地革命，《奴隶》写矿工的悲惨生活和反抗斗争。龚冰庐创作了不少反映矿山工人斗争情况的小说，有《炭矿夫》《裁判》《矿山祭》等。郭沫若的《一只手》叙述了小孛罗参加革命斗争的故事。15岁的少年小孛罗在工厂里做工，有一次因为机器故障，他的右手被切断了。工友们救助小孛罗，工头则拿着铁鞭殴打工友们。小孛罗和工友们奋起反抗，小莘罗鼓动大家以共产党为领导，与资本家作斗争。他以自己的那截断手为武器，打死了欺压工人的工头。共产党员克培则抓住时机组织了全市工人大罢工。罢工最终取得胜利，小莘罗和他的父母却失去了生命。胜利了的工人们为小莘罗和其他死难工友举行葬礼，并为勇敢的小莘罗塑了一尊大理石像。这篇小说以工人阶级、资产阶级、共产党的领导作为关键词，以阶级斗争作为中心情节，以工人阶级的胜利作为故事的结局。这样的写法承载了左翼作家对革命的想象。不过，从艺术上看，这篇小说的故事比较粗糙，其情节有许多不合理之处，人物语言也常常与身份特征不符，存在概念化的弊病。这也是当时的左翼小说所存在的共同问题。

从以上分析可以看出，这个阶段的左翼小说具有如下特征：第一，题材较为广泛。小说以革命者的斗争为主要内容。革命者身份各异，有工人、农民、知识分子、军人。革命者有着各种各样的命运或结局，有的慷慨牺牲，有的取得胜利，有的则是流亡各地，积蓄力量。激起革命者斗争的原因和契机也各不相同，或因受到压迫而反抗，或因看见不平而革命。不同的题材和内容使这个阶段的左翼小说显得丰富多彩。第二，主题较为固定。革命和斗争是所有左翼小说共同的主题，只不过根据作者对故事的设定而有所侧重，或者以批判社会的黑暗和反动势力的残暴为主，或者以歌颂革命者的英勇和革命的胜利为主，或者以表现革命者的成长为主。这种固定的主题设置使左翼小说的叙事较为明快，但也往往带来公式化、概念化的弊病。第三，情节较为相似。在这个阶段，革命加恋爱的情节结构被广泛采用，尤其是中长篇小说，几乎都以青年革命者为主人公，将恋爱故事纳入革命的框架之中，为作品增添了青春气息和浪漫情调，但也容易造成故事的雷同。总之，这个阶段的左翼小说创作较为繁盛，成绩也较为突出，左翼作家对革命的热情和对胜利的信念，具有鼓舞人心的力量。这种大规模的小说创作丰富了现代小说的形态，为左翼文学的发展打下了坚实的基础。

诗歌、小说之外，此阶段的左翼戏剧也较为发达，代表性的作品有：孟超的独幕剧《铁蹄下》，冯乃超的七场戏曲《支那人自杀了》，郑伯奇的三幕剧《轨道》，少吾的四场话剧《降贼》，柔石的独幕剧《革命家之妻》等。这些戏剧或表现工人的罢工，或表达对日本人随意杀害中国人的抗议，或赞美中国铁路工人反抗日本帝国主义的英勇行为，或描写南方农民的自发反抗，和诗歌、小说一起构成不屈的呐喊，汇成了时代的强音。而这个阶段左翼文学所存在的幼稚、简单、粗糙等缺点，将在左翼文学未来的发展中得到纠正，就像左翼作品中热情而不完美的青年革命者那样，在发展中成长。

总体上看，这个阶段的左翼作家在创作上非常勤奋，他们的作品基本上符合这个阶段的左翼文论思想，其优点和缺点都与这个阶段对左翼文学的认识密切相关。绝大部分的左翼文学作品都站在无产阶级的立场上，为无产阶级革命鼓与呼，为了实现宣传革命的目的，不少作品往往以简单的理想化的想象代替了对复杂现实的观察和描摹，多数作品艺术上存在标语口号化的弊病。当然，左翼文学是一种不断发展的文学，艺术上的这些问题在未来的左联时期将会受到左翼作家的重视并在一定程度上得到矫正。

1928 年初到 1929 年底是左翼文学发展的关键期。左翼作家充分利用时代和社会所提供的条件积极进行文学活动，丰富了那个时期的文学理论和文学形态，使左翼文学的写作和阅读成为风气。1928 年 7 月 1 日，《太阳月刊》出版停刊号，停刊号的第一篇文章为《停刊宣言》。这篇宣言总结了《太阳月刊》在提倡左翼文学方面取得的成绩，自豪地宣称："自《太阳》开始发行以后，整个的中国文坛，除去顽固不化的一部分外，都很急遽的转换了方向。"❶ 不久之后，

---

❶ 停刊宣言 [J]. 太阳月刊, 1928（7）.

作为中间刊物的《北新》上也发表类似的话："在第四阶级文学勃兴的现在，革命刊物委实像雨后春笋一般，不知产生了多少！许多盲目的青年，也非拿着一本革命刊物不能算是 20 世纪——伟大的时代——的青年，如果你在看旧出版物，甚至《北新》和《语丝》，也要被讥为时代的落伍者，学究，骨董……有的还要骂你几声，反革命，不革命的份子""有几爿书局，本来发行的杂志内容是倾重唯美文学，后来为适合一般青年的心理，藉以扩充销路，便于某期起大加刷新，专载无产文学"。❶尽管这位读者是在表达对左翼文学之流行的不满，却也说出了左翼文学风靡文坛的事实。此后直到左联成立之前，左翼文学的这种势头也没有减弱。由此可知，在左翼作家的不懈努力下，左翼文学思潮在这个阶段得以形成，并且产生了重要影响。

---

❶ 振扬. 自动停刊 [J]. 北新，1928, 2（21）.

第四章

革命文学论争与左翼文学合法性的确立

论争是重要的文学机制。"每当一个文学思潮，一个文学社团和文学作家在诞生的时候，他们首先想到的就是掀起一场文学论争。这已多次被文学运动和文学思潮所酝酿和使用。"❶ 在左翼文学发展过程中，文学论争发挥着重要的作用。左翼文学从发生时开始就表现出强大的理论自信，并且对五四文学多有批评。不过，当时这些批评是以个人自发的为主，且态度比较克制，五四作家基本上没有对这些批评作出回应。1928 年 1 月，左翼文学借着《太阳月刊》《创造月刊》《文化批判》三份期刊，以一种更加强势的姿态展现自身的力量。在这个阶段，左翼作家对五四文学的批评更加激烈、更加密集，鲁迅、茅盾等五四作家开始对其进行反批评，由此引发双方之间的论争。论争主要围绕革命文学问题展开，史称"革命文学论争"。通过革命文学论争，左翼文学的合法性得以确立。

第一节　革命文学论争概述

与鲁迅等五四作家的论争，是左翼作家有意而为的。在 1928 年之前，左翼作家对郭沫若之外的五四作家一直持批评的态度，认为他们的文学观念和文学创作都已经落伍。只是彼时左翼作家对五四作家的批评比较零散，态度比较克制，没有引来五四作家的反批评。1927 年，郭沫若、郑伯奇等创造社作家甚至计划和鲁迅联手，复活停刊数年的《创造周报》，"根据新的理论，发扬新的精神，努力新的创作，建设新的批评"。❷ 然而，成仿吾、李初梨、冯乃超、彭康、朱镜我等创造社成员不愿意复活《创造周报》，更反对和鲁迅合作。成仿吾在

---

❶ 王本朝. 中国现代文学制度研究 [M]. 重庆：西南师范大学出版社，2002：67.

❷ 佚名.《创造周报》复活了 [J]. 创造月刊，1928，1（8）.

1927 年就批评过鲁迅的文学立场。在成仿吾和李初梨等创造社新人心目中，鲁迅是需要批判的对象而不是可以合作的战友。

1928 年初，左翼作家开始以一种非此即彼的立场和决绝的反传统姿态批评鲁迅和其他五四作家。1928 年 1 月 1 日出版的《创造月刊》第 1 卷第 8 期发表郭沫若的杂文《英雄树》。该文批评"个人主义的文艺"和新月派，认为个人主义的文艺老早就过去了，当时的文艺界远远落在时代后边。郭沫若在这篇文章中摆出论争的姿态，号召左翼作家"堂堂正正地走上理论斗争的战场"。❶无独有偶，在同日出版的《太阳月刊》创刊号上，蒋光慈发表《现代中国文学与社会生活》一文，基本上否定了以往的文学成绩，也否定了大多数五四作家。此文的立论是建立在"文学应该表现并引领时代"的观念上。蒋光慈分析了文学与社会生活的关系，认为文学是社会生活的表现，现在的文学远远落后于现在的社会生活。蒋光慈指出，中国正处于帝国主义、军阀、封建资产阶级的多重压迫下，与此同时，中国革命的浪潮日渐飞涨，中国被压迫民众要求民族、民权、经济的解放；中国有许多作家赶不上革命的步伐，最终滚入"反动的怀抱里去了"，他们的文化思想和行为与现代革命的潮流背道而驰；他们提倡"不良的，俗恶的，欧洲资产阶级的文化"，走上了"反动的，陈旧的，反社会生活的，个人主义的道路"；他们真正是革命的敌人。尽管没有指名道姓，但蒋光慈显然一网打尽了"个人主义"的文学。在他看来，在革命的浪潮里涌现出来的新作家才是中国文坛的新力量，他们担负着振兴中国文坛的任务。❷这篇文章以旧／新、反动／革命为标准评判作家作品的价值，将大部分五四作家都归入旧的反动的那一边，将左翼作家归入新的革命的这一边。作为太阳社的核心成员，蒋光慈

---

❶ 郭沫若. 英雄树 [M] // 郭沫若全集·文学编（第 16 卷）. 北京：人民文学出版社，1989：45-49.

❷ 蒋光慈. 现代中国文学与社会生活 [M] // 方铭，马德俊. 蒋光慈全集（第 6 卷）. 合肥：合肥工业大学出版社，2017：67-70.

的文章代表了太阳社对大多数五四作家的态度，这种二元对立的思维模式和批评话语，也成为革命文学论争中左翼作家最顺手的武器。郭沫若和蒋光慈这两位资深左翼作家的言论，为论争的发生作了铺垫。

半个月后出版的《文化批判》创刊号上发表了冯乃超的《艺术与社会生活》。作者声明，文章是"就中国混沌的艺术界的现象作全面的批判"。在此文中，冯乃超"抽出几个代表作家并指出他们的倾向和社会的关系"，以此来分析文学革命发生后的中国文坛。冯乃超抽取的代表是叶圣陶、鲁迅、郁达夫、郭沫若、张资平。在他看来，叶圣陶是"一个最典型的厌世家"，他的倾向是"非革命的倾向"；鲁迅"常从幽暗的酒家的楼头，醉眼陶然地眺望窗外的人生"，他的作品"反映的只是社会变革期中的落伍者的悲哀"。郁达夫对于社会的态度与叶圣陶、鲁迅没有差别；张资平"没落到反动的阵营里去"了。只有郭沫若才是"实有反抗精神的作家"。❶ 这篇文章以偏激的态度和挑衅的姿态拉开了革命文学论争的序幕。不久，李初梨在《怎样地建设革命文学？》一文中指出，鲁迅所写的是趣味文学，和无产阶级文学没有关系。❷ 在此情形下，鲁迅撰写《"醉眼"中的朦胧》一文对冯乃超和李初梨的批评进行回应，革命文学论争就此展开。

左翼阵营有不少人加入了这场论争，相关文章主要有：冯乃超的《艺术与社会生活》，李初梨《怎样地建设革命文学？》，钱杏邨《死去了的阿Q时代》，郭沫若《文艺战上的封建余孽——批评鲁迅的〈我的态度气量和年纪〉》，傅克兴的《评驳甘人的〈拉杂一篇〉——革命文学底根本问题底考察》和《小资产阶级文艺理论之谬误——评茅盾君底〈从牯岭到东京〉》，成仿吾《毕竟是"醉眼陶然"罢了》，李初梨《请看我们中国的 Don Quixote 的乱舞——答鲁迅〈醉眼中的朦胧〉》，冯乃超《人道主义者怎样地防卫着自己？》，彭康《"除掉"鲁迅

---

❶ 冯乃超. 艺术与社会生活 [J]. 文化批判，1928（1）.

❷ 李初梨. 怎样地建设革命文学 [J]. 文化批判，1928（2）.

的"除掉"！》等。这些文章中，前两篇针对一般五四作家，其他的都是针对鲁迅和茅盾这两位五四作家的。

回应左翼批评的主要是鲁迅和茅盾。鲁迅对左翼作家的批评态度和话语方法很反感，写了系列反批评的文章，主要有《"醉眼"中的朦胧》《文艺与革命（并冬芬来信）》《我的态度气量和年纪》《现今的新文学的概观——在燕京大学国文学会讲》《路》《文学的阶级性》等。此外，《语丝》和《北新》的作者冰禅（胡秋原）、甘人（鲍文蔚）、侍桁（韩侍桁）、冬芬（董秋芳）等都写过支持鲁迅的文章，这些文章主要有冰禅的《革命文学问题》，甘人的《拉杂一篇答李初梨君》，侍桁的《评〈从文学革命到革命文学〉》《个人主义的文学及其他》《又是一个 Dan Quixote 的乱舞》等。郁达夫、冯雪峰也为鲁迅作过辩护。郁达夫《对于社会的态度》、冯雪峰的《革命与智识阶级》都批评了左翼作家对鲁迅的无端指责。

茅盾是最早的中共党员之一，虽然他不属于由太阳社、后期创造社所构成的左翼阵营，但他对左翼文学十分关注，也为左翼文学的发展作出了实际的贡献——在1927—1928年间写作并出版了左翼小说《蚀》三部曲。《太阳月刊》刚出版，他就作出了积极反应，以方璧笔名发表了《欢迎太阳》一文。文章主要表达对《太阳月刊》的欢迎和祝愿，也对蒋光慈文章《现代中国文学与社会生活》中的"新/旧作家二分法"表示不赞成。茅盾后来回忆说："我在看到《太阳月刊》创刊号后，很是欢欣，我发现一年前投笔从军的朋友们又重新拿起笔来战斗了……因此，我就写了一篇《欢迎太阳》，刊在1928年1月8日的《文学周报》上。……但是我也认为蒋光慈在《太阳月刊》创刊号上所写的一篇宣言式的论文，有些观点是值得商榷的。我觉得蒋文有唯我独'革'，排斥一切'旧作家'的思想，对于革命文学的议论也趋于偏激。" ● 茅盾是从"自己人"的角度回应蒋光慈和《太阳月刊》的，他希望借此助推左翼文学的发展，同时纠

● 茅盾. 创作生涯的开始 [M] //《我走过的道路》（上），北京：人民文学出版社，1997：394-395.

正其不合理之处。这篇文章引起了蒋光慈的注意，1928 年 4 月，蒋光慈化名
"华希理"，在《太阳月刊》发表《论新旧作家与革命文学——读〈文学周报〉的
〈欢迎太阳〉以后》一文，一方面表达对"方璧"之欢迎《太阳》的感谢，另一
方面批驳"方璧"对蒋光慈"只承认描写第四阶级生活的文学"等的批评。左
翼作家与茅盾之间的论争就此展开。茅盾此后发表了《从牯岭到东京》《读〈倪
焕之〉》等文章阐明自己的文学立场，反驳左翼作家的批评。此后左翼作家发表
的批评茅盾的文章也比较多，其中不少是针对《从牯岭到东京》《读〈倪焕之〉》
的。相关文章主要有：克生的《茅盾与〈动摇〉》，克兴的《小资产阶级文艺理
论的谬误——读茅盾君底〈从牯岭到东京〉》，钱杏邨的《从东京回到武汉》《茅
盾与现实》，李初梨的《对于所谓"小资产阶级革命文学"底抬头，普罗列塔利
亚文学应该怎样防卫自己——文学运动底新阶段》等。

革命文学论争集中在 1928 年 1 月至 7 月，整个过程则持续了近两年。1929
年秋，中国共产党注意到"革命文学"论争，有关负责人找华汉和潘汉年谈话，
要求创造社和太阳社停止对鲁迅的批评，与鲁迅及其他进步作家团结起来组成
联合组织。冯乃超、李初梨、钱杏邨等人根据中国共产党的指示停止了论争，
冯雪峰、夏衍、冯乃超前往拜访鲁迅，并向鲁迅作出解释。为时近两年的"革
命文学"论争就此结束。

二、论争双方的主要观点

（一）左翼作家对鲁迅及其他五四作家的批评

左翼作家重视文学作品的阶级性和时代性，并且以是否体现出无产阶级
的立场、是否符合革命时代的需要作为评判作品价值的依据。在论争中，左翼

作家对五四作家及其作品的阶级性和时代性进行了指认，并根据指认的结果对五四作家作品作出了否定性评价。

1. 对五四作家阶级性的划分和批评

左翼作家非常重视对作家阶级身份的划分。在他们看来，生活在革命时代的作家应该站在无产阶级的立场上，表达对统治阶级的斗争和反抗，如果他们做到了这一点，他们的作品就是革命的，就是有价值的，如若不然，则他们的作品就是反动的，就是没有意义的。若要评判一位作家或是一个作品是否具有革命性，就要先了解作家的阶级身份。蒋光慈说："倘若我们要断定某个作家及其作品是不是革命的，那我们首先就要问他站在什么地位上说话，为着谁说话。这个作家是不是具有反抗旧势力的精神？是不是以被压迫的群众作出发点？是不是全心灵地渴望着劳苦阶级的解放？"❶确定作家"站在什么地位说话"，进而判定其作品的价值，是左翼作家重要的论争方式。左翼作家据此将郭沫若之外的其他五四作家都划分为个人主义者，或是其他类型的落伍者，并据此否定左翼作家作品的价值。

左翼作家对于鲁迅阶级身份的看法十分混乱。有的左翼作家将鲁迅定为资产阶级，有的将鲁迅定为小资产阶级，也有的将他定为"封建余孽"，以及"法西斯蒂"。早在1927年，成仿吾在《完成我们的文学革命》中就对鲁迅表示了不满。成仿吾认为鲁迅的文学是资产阶级的趣味主义文学。他讽刺道，"在这时候，我们的鲁迅先生坐在华盖之下正在抄他的小说旧闻""趣味是苟延残喘的老人或蹉跎岁月的资产阶级，是他们的玩意""这种以趣味为中心的生活基调，它所暗示着的是一种在小天地中自己骗自己的自足，它所矜持着的是闲暇，

---

❶ 蒋光慈. 关于革命文学 [M] // 方铭，马德俊. 蒋光慈全集（第6卷）. 合肥：合肥工业大学出版社，2017：74.

闲暇，第三个闲暇"。❶"资产阶级"是成仿吾对鲁迅阶级身份的认定，"趣味"
"闲暇"则是成仿吾对"资产阶级鲁迅"的文学观念和日常生活的想象。成仿
吾此番言论是左翼阵营大规模批评鲁迅的前奏，他所认定的"资产阶级""趣
味"和"闲暇"后来常为左翼阵营所引用。1928 年起，左翼作家对鲁迅的批评
变得严苛而密集。1928 年 1 月，《文化批判》第 1 期上，冯乃超以《艺术与社
会生活》发难。在这篇充满火药味和新名词的文章中，冯乃超将鲁迅说成社会
变革期的落伍者，称鲁迅奉行的是隐遁主义。❷此后，钱杏邨、李初梨、郭沫
若等多位左翼作家都对鲁迅的阶级身份作过认定。

李初梨将鲁迅划为资产阶级作家，指责他"对于布鲁乔亚氾是一个良好的
代言人，对于普罗列搭利亚是一个罪恶的煽动家"。❸钱杏邨将鲁迅归为时代的
落伍者和小资产阶级知识分子，认为鲁迅作品是"滥废的无意义的类似消遣的
依附于资产阶级的滥废的文学"。❹郭沫若以笔名杜荃在《文艺战线上的封建余
孽》中则称鲁迅为"封建余孽"和"不得志的 Fascist（法西斯谛）"，说鲁迅是
社会主义的"二重反革命"。❺

左翼作家对茅盾阶级身份的认定同样颇为混乱。创造社的傅克兴认为茅盾
具有三种"身份"。他先是指认茅盾为"小资产阶级"作家，又说他是落伍了的
"老作家"，后来又说他带着"资产阶级的意识"来描写小资产阶级，其作品是
"资产阶级的麻醉剂"。❻太阳社的钱杏邨则认为茅盾是小资产阶级作家，是"从

---

❶ 成仿吾. 完成我们的文学革命 [J]. 洪水，1927，3（25）.

❷ 冯乃超. 艺术与社会生活 [J]. 文化批判，1928（1）.

❸ 李初梨. 请看我们中国的 Don Quixote 的乱舞——答鲁迅《醉眼中的朦胧》[J]. 文化批判，1928（4）.

❹ 阿英. 死去了的阿 Q 时代 [M] // 阿英全集（第 2 卷）. 合肥：安徽教育出版社，2003：8.

❺ 杜荃. 文艺战线上的封建余孽 [J]. 创造月刊，1928，2（1）.

❻ 克兴. 小资产阶级文艺理论之谬误——评茅盾君底《从牯岭到东京》[J]. 创造月刊，1928，2（5）.

无产阶级文艺立场退到小资产阶级的立场"的落伍者，❶ "完全是一个小布尔乔亚的作家"。❷ 李初梨说茅盾对左翼作家装着友人的面孔，实际上是和他们对立的。❸

从以上引用可以看出，成仿吾、冯乃超、郭沫若等左翼作家对鲁迅和茅盾等左翼作家身份或阶级成分的划分随意而粗暴。他们给鲁迅安上落伍者、资产阶级、小资产阶级、封建余孽、法西斯蒂、反革命等他们所能想到的与当时的"革命"相悖的多种阶级身份，给茅盾的头衔也有资产阶级、小资产阶级、落伍者等。在给鲁迅、茅盾等人划分阶级身份时，他们只图论争起来方便，批评起来痛快，而不顾这些身份是否合理，以及给同一作家安上不同身份是否矛盾。这种言语暴力表明他们急欲在语言上压倒鲁迅、茅盾，以消除五四作家的文学影响力，扫除他们心目中的左翼文学发展的重大"障碍"，壮大左翼文学。

2. 对五四文学时代性的界定和否定

左翼作家将文学看成现实世界的反映，因而也非常重视作品的时代性。他们认为，当时的中国正处于革命的时代，文学作品只有书写革命，才能拥有时代性。五四作家的作品"反映的只是社会变革期中的落伍者的悲哀"，而未曾反映日益变化的社会生活，因而是过时的。❹ 在左翼作家的观念中，凡是缺乏时代性的作品都是没有价值的。钱杏邨在为茅盾小说《幻灭》所写书评中说，文学作品技巧幼稚不要紧，要紧的是思想上要"适合时代"。如果作

---

❶ 阿英. 从东京回到武汉——读了茅盾的《从牯岭到东京》以后 [M] // 阿英全集（第1卷）. 合肥：安徽教育出版社，2003：353.

❷ 阿英. 茅盾与现实 [M] // 阿英全集（第2卷）. 合肥：安徽教育出版社，2003：168.

❸ 李初梨. 对于所谓"小资产阶级革命文学"底抬头，普罗列塔利亚文学应该怎样防卫自己——文学运动底新阶段 [J]. 创造月刊，1929，2（6）.

❹ 冯乃超. 艺术与社会生活 [J]. 文化批判，1928（1）.

品技巧上没问题，但思想不适合时代，则无法成为好作品，因为"思想的落伍，却永没有方法追赶得上"。❶左翼作家重点批评的是鲁迅的作品。钱杏邨认为，鲁迅的作品没有追随时代，没有抓住时代，更没有超越时代，鲁迅的创作"没有现代的意味""真能代表五四时代的创作实在不多"，其作品多数只能代表《新民丛报》时代的思潮，只能代表清末及庚子义和团暴动时代的思想。❷

左翼作家还认为，鲁迅作品体现了趣味主义，这正是鲁迅作品落后于时代的表现之一。成仿吾1927年已持此说。1928年后，更多左翼作家给鲁迅贴上了"趣味主义"的标签。李初梨指出，鲁迅写的是"趣味文学"。李初梨给趣味文学定下了四大罪状：第一，以"趣味"为中心，使他们自己的阶级更加巩固起来。第二，以"趣味"为饵，把社会的中间层，浮动分子，组织进他们的阵营内。第三，以"趣味"为护符，蒙蔽一切社会恶。第四，以"趣味"为鸦片，麻醉青年。❸李初梨根据这样的罪状否定了鲁迅作品的价值。冯乃超说鲁迅"缩入绍兴酒坛中""依旧讲趣味"，是不合时宜的人道主义者。❹郭沫若说，"语丝派的'趣味文学'是资产阶级的护符"。❺傅克兴将文坛划分为革命的和非革命的阵营，指称鲁迅、甘人等人为趣味文学家和旧文坛的健将。❻仿吾等人所认为的"趣味主义"，其实是鲁迅创作中表现出的"余裕"，那就是从容不迫的写作心态和诙谐幽默的写作风格，这种"余裕"构成了鲁迅作品的鲜明个性和高

❶ 钱杏邨. 幻灭 [J]. 太阳月刊，1928（3）.

❷ 阿英. 死去了的阿Q时代 [M] // 阿英全集（第2卷）. 合肥：安徽教育出版社，2003：8.

❸ 李初梨. 怎样地建设革命文学 [J]. 文化批判，1928（2）.

❹ 冯乃超. 人道主义者怎样地防卫着自己？[J]. 文化批判，1928（4）.

❺ 郭沫若. 留声机器的回音 [M] // 郭沫若全集·文学编（第16卷）. 北京：人民文学出版社，1989：72.

❻ 傅克兴. 评驳甘人的《拉杂一篇》——革命文学底根本问题底考察 [J]. 创造月刊，1928，2（2）.

雅品位。然而，在持有革命工具论文学观、追求文学的革命功利性的左翼作家眼中，"余裕"会销蚀人们的革命意志，因而应该受到批判。

（二）鲁迅及其他作家的反批评

面对左翼作家的批评，鲁迅和茅盾等人进行了积极的反批评。鲁迅的观点主要有：左翼作家缺乏直面社会黑暗的勇气，左翼作家的论争方式刻薄无聊，左翼作家的政治性文学观有偏颇，其文学作品缺少艺术性。茅盾也对标语口号式的左翼文学不以为然。

鲁迅认为，左翼作家缺乏直面社会黑暗的勇气，却错误地以为自己是时代的代言人。在《太平歌诀》中，鲁迅指出，左翼作家往往特别畏惧黑暗，隐藏黑暗，缺乏正视社会现实的勇气，不过是捡一点吉祥之兆来陶醉自己，却认为自己超出了时代。[1]在《"醉眼"中的朦胧》中，鲁迅指出，在政治高压之下，左翼作家对时代和革命问题不敢明言，因而他们的刊物"有些朦胧"；左翼作家将论争对手胡乱判定为"资产阶级"的做法也很可笑，其实他们在阶级问题上缠夹不清。[2]在《文艺与革命（并冬芬来信）》中，鲁迅指出，左翼作家虽然挂起革命文学的招牌，却缺乏正视当前暴力和黑暗的勇气，只在吹嘘同伙的文章。[3]

鲁迅对左翼作家的论争方式也作了批评。鲁迅指出，左翼作家常常以论争对手的籍贯、家族、年纪来作奚落的材料，在论争时喜欢无聊地东拉西扯，用语则尖酸刻薄，这样的论争方式不可理喻。[4]

对于左翼作家所认为的文学之于政治的作用，鲁迅也不赞同。他指出，文

---

[1] 鲁迅. 太平歌诀 [M] // 鲁迅全集（第4卷）. 北京：人民文学出版社，2005：104-105.

[2] 鲁迅. "醉眼"中的朦胧 [M] // 鲁迅全集（第4卷）. 北京：人民文学出版社，2005：61-64.

[3] 鲁迅. 文艺与革命（并冬芬来信）[M] // 鲁迅全集（第4卷）. 北京：人民文学出版社，2005：85.

[4] 鲁迅. 我的态度气量和年纪 [M] // 鲁迅全集（第4卷）. 北京：人民文学出版社，2005：111-112.

学并没有改变环境的力量，各种文学都是应环境而产生的，因而是政治先行，文艺后变。●鲁迅也不认可左翼作家"文学是宣传"的说法。他认为，一切文艺固然是宣传，但一切宣传却并非全是文艺。革命之所以在口号、标语等之外要用文学，就是因为文学有自己的独特性，即内容的充实与技巧的高超。鲁迅指出，左翼文学作品艺术上大多不成功，有的作品"拙劣到连报章记事都不如"。●他批评创造社成员王独清在诗歌创作上有模仿勃洛克的《十二个》之志而无其力和才；批评郭沫若的小说《一只手》中所写的革命者缺乏真正的革命精神，作者用的是穷秀才落难后中状元、谐花烛的老调。●

鲁迅是硕果累累的作家和文学理论家，其文学修养和思想修养都在同时代的人之上。他的反批评，尤其是对于左翼作品艺术问题的批评，往往一针见血。不过，鲁迅的反批评中偶尔也有意气之争的成分，如认为左翼作家缺乏直面社会黑暗的勇气。事实上，当时不少左翼作家同时还是革命者，参加过实际的革命斗争，富有革命精神和直面社会的勇气，他们的不少书刊就是因为直指南京国民政府当局的反动和黑暗而被查禁。

在太阳社、后期创造社围攻鲁迅之际，甘人、郁达夫等人为鲁迅作品的价值作了辩护。甘人十分推崇鲁迅的作品，他指出，鲁迅在中国文坛上是独步的，别的人虽也有时能叫几声，但是都不及他的深刻有力。●郁达夫说，成仿吾对鲁迅的批评是一种偏见，就作品的深刻老练而论，鲁迅是中国作家中的第一人。●

● 鲁迅. 现今的新文学的概观——五月二十二日在燕京大学国文学会讲 [M] // 鲁迅全集（第 4 卷）. 北京：人民文学出版社，2005：137.

❷ 鲁迅. 文艺与革命（并冬芬来信）[M] // 鲁迅全集（第 4 卷）. 北京：人民文学出版社，2005：85.

❸ 鲁迅. 现今的新文学的概观——五月二十二日在燕京大学国文学会讲 [M] // 鲁迅全集（第 4 卷）. 北京：人民文学出版社，2005：138-139.

❹ 甘人. 拉杂一篇答李初梨君 [J]. 北新，1928，2（13）.

❺ 郁达夫. 对于社会的态度 [M] // 徐俊西. 海上文学百家文库·44·郁达夫卷. 上海：上海文艺出版社，2010：642.

冯雪峰是左翼作家中的一员，不过，在革命文学论争中，他是支持鲁迅的。他批评那些围攻鲁迅的作家是"狭小的团体主义"。冯雪峰在以笔名画室发表的文章《革命与智识阶级》中指出，鲁迅没有诋毁过革命，在五四、五卅期间，文学成绩最好的是鲁迅。鲁迅不是社会主义者，他确实常常反顾人道主义，但是反顾人道主义并非是十分坏的事情。革命在手段上抛弃了人道主义，但是在理想上不会抛弃彻底的人道主义。革命必须欢迎与封建势力继续斗争的一切友方的势力，革命也必须与封建势力继续斗争。❶

茅盾对左翼文学的批评集中在左翼作家的论争态度和左翼作品的艺术性问题上。他对太阳社、后期创造社的意见主要有两点，一是认为他们不应该摆出"唯我独革"的姿态，二是认为他们的作品缺乏艺术性。关于第一点，前文已经提及，此处不赘。作为一位资深编辑和将在不久后写出《子夜》这样厚重作品的作家，茅盾拥有极高的艺术品位，他对太阳社、后期创造社作品艺术性提出了尖锐的批评，他指出，时下的左翼作品，"既不能表现无产阶级的意识，也不能让无产阶级看得懂，只有'卖膏药式'的十八句江湖口诀那样的标语口号式或广告式的无产文艺"。❷对于艺术性显得粗糙的左翼文学来说，这样的批评无疑是有益的。

与左翼作家的批评相比，鲁迅、茅盾等人的反批评更具理性。他们对左翼作家和作品的批评往往切中肯綮，如认为左翼作家喜欢对论争对手进行人身攻击，左翼文学缺乏艺术性等。需要指出的是，尽管左翼作家将鲁迅和茅盾看成对立阶级，并且用语苛刻，鲁迅和茅盾却没有对左翼作家施加对等的攻击。鲁迅同情且倾向左翼文学，茅盾是共产党员，虽然此时茅盾没有加入左翼阵营，

---

❶ 画室. 革命与智识阶级 [J]. 无轨列车，1928（2）.

❷ 茅盾. 读《倪焕之》[M] // 钟桂松. 茅盾全集第十九卷·中国文论二集. 合肥：时代出版传媒股份有限公司，2014：40.

但也倾向左翼文学。他们并未过多计较左翼作家的冒犯，而是以建设性的态度坦率地指出左翼文学存在的问题，期望左翼文学能够得到改进。鲁迅和茅盾的这种论争态度对于左翼文学的发展和成熟极有裨益，也为不久之后的左翼作家大联合奠定了思想和情感基础。

三、左翼作家发起论争的原因

左翼作家对鲁迅等人的批评可谓严苛刻薄，这些缺乏学理性和客观性的批评表明左翼作家是"为论争而论争"，或者说，为自身的合法性和话语权而论争。布迪厄指出，文学场是一个每时每刻都进行着竞争的场所，"文学（等）竞争的中心焦点是文学合法性的垄断，也就是说，尤其是权威话语权利的垄断，包括说谁被允许自称'作家'等，甚或说谁是作家和谁有权利说谁是作家；或者随便怎么说，就是生产者或产品的许可权的垄断"。文学场的先在者和新来者是天然的竞争者。先在者"确定界线、维护界线、控制进入"，以"维护场中的既定秩序"。❶ 新来者则要打破界线，进入文学场，并且确立自己的话语权。新来者能否在文学场中确立自己话语权，要看他是否有足够的能力为自己的原则辩护，与先在者相抗衡，甚至超越既有的文学场秩序。因此，论争几乎是新来者入场的必经程序和必要仪式，如果没有经过这一程序或仪式，或者新来者不能在论争中获得胜利，其所主张的观点就很难立住脚跟，更遑论发展了。中国现代文学从发生之日起，就与论争结下不解之缘，许多论争发生在新的美学原则崛起、新的文学流派产生之际，例如新文化运动初始阶段的白话文言之争，创造社在成立之初与文学研究会的论争，等等。论争在这样的时机发生绝不是偶然的，

---

❶ 皮埃尔·布迪厄. 艺术的法则：文学场的生成和结构 [M]. 刘晖，译. 北京：中央编译出版社，2001：271-273.

而是出于新来者与先在者争夺话语权的需要。左翼文学自 1923 年起萌发，经过数年的努力，取得了一定的成绩，但在文学场占位不多，影响不大，在 1927 年左右趋于沉寂。1928 年初，以年轻的共产党员作家为主的太阳社和后期创造社创办《太阳月刊》和《文化批判》，力图打造出左翼文学的新天地。但是，早已成名的五四作家，尤其是鲁迅，和他们文学观念不同，却在文学场拥有较大话语权。这些五四作家给他们的发展带来了极大的压力，他们只有搬开这些"障碍"，才能为自己打出一片天地。被左翼作家强行拉入论争中的鲁迅道破了左翼作家发起论争的用意。论争结束数年后，鲁迅在回顾论争事件时说："革命者为达目的，可用任何手段的话，我是以为不错的，所以即使因为我罪孽深重，革命文学的第一步，必须拿我来开刀，我也敢于咬着牙关忍受。"● 作为论争发起方成员的郑伯奇后来回忆道，在成仿吾等左翼作家看来，"老的作家不行了，只有把老的统统打倒，才能建立新的普罗文学"。● 向五四作家"开刀"，打倒已经成名的老作家，为左翼文学在文学场争取位置，这就是左翼作家大张旗鼓地发起论争的主要原因。

左翼作家之所以发起革命文学论争，除了希望借此争夺话语权，也部分地缘于双方文学观念上的冲突。左翼作家服膺马克思列宁主义文论和新兴的国外左翼文学，他们将文学与革命紧密关联起来，重视文学的政治功利性而轻视文学的艺术性；五四作家深受欧美批判现实主义文学的影响，他们重视文学的思想启蒙作用，同时执著地追求文学的艺术性。因此，左翼作家和五四作家对文学的性质、功能、题材、创作方法、评价标准等的认知存在明显分歧。这些分歧也常常引发左翼作家和五四作家之间的论争。

● 鲁迅. 答杨邨人先生公开信的公开信 [M] // 鲁迅全集（第 4 卷）. 北京：人民文学出版社，2005：645.

● 郑伯奇. 郑伯奇谈创造社、"左联"及其他 [M]. 郑伯奇文集，西安：陕西人民出版社，1988：1337.

第二节 左翼文学阵营的论争策略

左翼作家是文学场的新来者，他们的文化资本和文学资源远远少于五四作家。他们主动发起文学论争，挑战鲁迅、郁达夫、茅盾、叶圣陶等文坛权威，目的是争夺话语权，争取文学场的有利位置。为了达到这个目的，左翼作家采取了一系列颇为有效的论争策略，其中最为突出的有：通过划分等级区分不同文学作品的价值，通过彼此呼应造成声势。

一、通过划分等级区分不同文学作品的价值

在论争中，左翼作家常常为左翼文学和五四文学划分等级，据此区分不同派别的文学作品的价值，由此肯定自己而贬低对手。

布迪厄指出，"文化生产场每时每刻都是等级化的两条原则之间斗争的场所，两条原则分别是不能自主的原则和自主的原则（比如'为艺术而艺术'）"。❶左翼作家和五四作家之间的文学论争，正是不能自主的原则和自主的原则之间的斗争。五四作家坚持文学的自主性。尽管他们也重视文学对于世道人心的作用，但并不赞同将文学直接作为政治的工具。他们所要做的，是利用其熏陶感染之力，对思想文化产生潜移默化的影响，而不是直接以文学来干预政治。因此，五四作家维护文学的独立性，重视文学的艺术性，在追求文学的思想性的同时，用心打磨作品的结构、语言、风格等，努力创作文质兼美的作品。事实上，大部分五四作家的文学素养都比较高，他们的作品不少都成为现代文学史上的经典。左翼作家则不同，他们看重文学对政治的工具作用，自愿成为革

---

❶ 皮埃尔·布迪厄. 艺术的法则：文学场的生成和结构 [M]. 刘晖，译. 北京：中央编译出版社，2001：265.

命的"留声机器"。因此，他们不承认文学的独立性，认为文学是从属于政治的。李初梨就认为革命文学是"为完成它主体阶级的历史的使命"而产生出来的一种斗争的文学，郭沫若则主张青年作家做革命的"留声机器"。所谓"主体阶级的历史的使命"，就是无产阶级的革命斗争。这种斗争要求人们抛弃原有阶级的思想和情绪，站在无产阶级的立场来观察和表现社会生活，而且所表现的社会生活必须是符合无产阶级的愿望和要求的。所谓"留声机器"，就是要求作家抛弃不符合无产阶级身份的自我意识和主张，以集体的意志为意志，以重复和宣传无产阶级的主张为使命。在这个阶段，左翼作家关注的是文艺青年的思想。郭沫若认为，"中国现在的文艺青年""没有一个是出身无产阶级的"，他们的意识都是"资产阶级的意识"，这种意识是"唯心的偏重主观的个人主义"。因此，他要求文艺青年去接近工农群众，像留声机器那样"摄音、发音"，以克服旧有的资产阶级意识，获得无产阶级意识。❶于这样的理念，左翼作家反对个人主义文学和个性化的文风，不重视作品的艺术性。李初梨给"普罗列搭利亚文艺"的批评确立了四个标准，分别是作品反映的意识、作品的社会根据、作品对社会担当的任务、技巧。这四个标准中，前三个都是关于作品的思想和社会作用的，第四个才是艺术技巧。❷冯乃超则干脆否定了技巧的作用。他在评价自己创作的戏剧《同在黑暗的路上走》时，尽管承认这个戏剧写得很拙劣，却颇为自得地说，没必要追求戏剧的艺术技巧如"洗练的会话，深刻的事实"等，"那些工夫让给昨日的文学家去努力吧"。❸冯乃超算是左翼作家中的个例，这种说法在左翼作家中也并没有获得太多的赞同。不过，左翼作家在文学创作上确实比较粗糙。他们的小说往往思想大于形象，而且经常套用"革命加恋爱"的模式，

---

❶ 郭沫若. 留声机器的回音 [M] // 郭沫若全集·文学编（第16卷）. 北京：人民文学出版社，1989：66.

❷ 李初梨. 普罗列搭利亚文艺批评底标准 [J]. 我们月刊，1928（2）.

❸ 冯乃超. 同在黑暗的路上走·附识 [J]. 文化批判，1928（1）.

显得创新性不足；他们的诗歌往往以直白的呼告代替意境的营造，甚至经常以粗鄙的语言入诗，明显缺少诗味。

左翼作家将这种不能自主的文学看成文学发展的方向，他们依据这个标准定义文学，并以之作为划分文学等级的依据。李初梨明确指出，无产阶级文学批评依据的是作品对于完成无产阶级的解放运动的价值：第一，要看作品所反映的意识，第二，要看作品的社会根据，第三，要看作品对社会担当的任务。最后才要看作品的艺术技巧。❶

在论争中，左翼作家经常以"是否为革命服务"为双方的作品划分等级，突出"为革命服务"的左翼文学的价值，同时否定"个人主义""人道主义"的五四文学的价值。例如，蒋光慈说，（旧的作家）所创作的"现在的文学"不能表现"现在的社会生活""实在是太落后了"；（太阳社）的作家是新作家，他们"自身就是革命"，他们是"中国文坛的新力量"，振兴中国文坛的任务落在这批新作家身上。❷郭沫若指出，"个人主义的文艺老早过去了"❸"普罗列塔利亚的文艺是最健全的文艺""我们的文学家假如有无产阶级的精神，那我们的文坛一定会有进步""没有时代精神的作品是没有伟大性的""不革命的作品还勉强可以宽恕，反革命的作品是断乎不能宽恕的"。❹

在为作品划分等级的同时，左翼作家还要求其他作家接受这种"不能自主的原则"。他们按照是否接受这一原则对作家进行区隔，并且强硬地要求作家作出非此即彼的选择。几乎所有的左翼作家都提出了这样的要求，成仿吾则是其中的代表，他在《从文学革命到革命文学》中重写现代文学史，极力否定五四

❶ 李初梨. 普罗列搭利亚文艺批评底标准 [J]. 我们月刊，1928（2）.

❷ 蒋光慈. 现代中国文学与社会生活 [M] // 方铭，马德俊. 蒋光慈全集（第 6 卷）. 合肥：合肥工业大学出版社，2017：69-71.

❸ 郭沫若. 英雄树 [M] // 郭沫若全集·文学编（第 16 卷）. 北京：人民文学出版社，1989：45.

❹ 郭沫若. 桌子的跳舞 [M] // 郭沫若全集·文学编（第 16 卷）. 北京：人民文学出版社，1989：57-62.

作家。这篇文章代表了左翼作家在革命文学论争中的典型观点，对其进行深入剖析，有助于我们理解左翼作家的论争策略。

在这篇文章中，成仿吾先是分析了五四文学革命的起源、成绩和问题。他指出，辛亥革命的失败和帝国主义的压迫，使一部分接触了世界潮流的知识分子积极进行思想启蒙，由此开始了新文化运动。在新文化运动的要求下产生了文学革命。然而，当时那种有闲阶级的知识分子对于时代和思想认识不足，他们的成绩只限于一种浅薄的启蒙，新文化运动其实没有取得什么成果，只有文学革命取得了一点成绩。文学革命的成绩不是胡适取得的，也不是文学研究会取得的，而是创造社取得的。创造社作家是革命的小资产阶级知识分子，他们以反抗的精神，真挚的热诚，批判的态度与不断的努力完成新文学的语体。创造社创造新文学语体的方法是：极力求合于文法；极力采用成语，增造语汇；试用复杂的构造，由于有了创造社的努力，新文化运动得以保存一部分成绩。但是，创造社所创造的语言与现实的语言相距甚远，不适合新的时代。与创造社相反，语丝派作家是有闲的资产阶级，或者"睡在鼓里"的小资产阶级，他们超越在时代之上，讲求趣味，玩赏闲暇，将北京的文坛变得乌烟瘴气。接着，成仿吾分析了当前的时代特征和文学发展的方向。他说，目前资本主义已经发展到帝国主义阶段，全人类社会的改革已经来到。若要还挑起革命的"印贴利更追亚"的责任，知识分子必须从文学革命前进到革命文学，努力获得阶级意识，使语言接近农工大众的用语，同时要以农工大众为创作的对象。最后，成仿吾要求作家选好自己的阵营。他说，当前的世界形成了两个战垒，一边是资本主义的余毒法西斯蒂的孤城，一边是全世界农工大众的联合战线，作家也必须选择其中的一边作为自己的营垒，"谁也不许站在中间。你到这边来。或者到那边去！"❶

---

❶ 成仿吾. 从文学革命到革命文学 [J]. 创造月刊，1928，1（9）.

在成仿吾的话语系统中，"这边"是无产阶级的代名词，是社会发展的必然方向；"那边"是资产阶级的堡垒，意味着没落的命运。选择了"这边"的作家是属于"我们"，是新的、革命的、先进的作家；选择了"那边"的作家则属于"他们"，是旧的、反革命的、落伍的作家。"我们"是正确方向的代言者，有义务、有权力"替他们打包，打发他们去""踢他们出去"。❶

成仿吾和其他左翼作家这套非此即彼、不革命即反革命的话语方式并非他们的首创。当时，左翼文学是苏联的主流文学，日本、美国等国家的左翼文学也较为兴盛，类似的话语方式流行于苏联、日本等国家的左翼文学界，并传入中国。成仿吾坚信左翼文学是中国文学发展必然的、正确的方向，也从这些国家的左翼文学话语系统中借鉴和引用了以上文学评判标准，用以对作家作品进行等级划分和身份区隔。借着等级划分和身份区隔，左翼作家抬高了己方的地位，否定了论敌的价值。尽管他们在论争时常常表现出"唯我独革"的神气，但不可否定，这样的论争策略在那个急剧变更的革命时代是颇有市场的，他们的言说赢得了一部分读者的同情与理解，扩大了左翼文学的影响。

二、通过彼此呼应造成声势

革命文学论争由左翼作家发起，也由左翼作家掌握着主动权。为了扩大论争的成果，左翼作家还注意彼此呼应，互相称引，借此造成浩大的声势。他们的呼应同道的方式主要有三种，一是在某位作家提出某种观点之后，其他作家持续发表论文，对其进行呼应和肯定；二是在同期刊物中发表多篇观点相近的论文，从不同的角度对某种文学观念加以阐发，向论争对手施压；三是通过编辑后记等方式总结左翼阵营的观点，肯定左翼作家论争文章的价值。

---

❶ 成仿吾. 打发他们去！[J]. 文化批判，1928（2）.

左翼作家在论争中往往持论偏激，但他们的观点常常能够得到"自己人"毫无保留的认可，并且互相之间不断地在论争文章中重复某些重要观点。例如，成仿吾将鲁迅的作品指为趣味主义之后，李初梨、冯乃超、傅克兴等后期创造社作家先后表达了相似的观点。又如，郭沫若对青年文学家提出当革命的"留声机器"的要求，这个观点很快就得到后期创造社、太阳社成员的积极回应。李初梨在《怎样地建设革命文学》中，就"留声机器"问题与郭沫若进行商榷，表明不赞成"留声机器"这一提法。但是，李初梨在该文中对"一切文学都是宣传"的观点表示赞成，这实际上是对郭沫若观点的肯定、补充和深化。郭沫若迅速对李初梨的文章进行正面回应。在《留声机器的回音》一文中，郭沫若除了进一步阐释"留声机器"论，还盛赞李初梨这篇文章为"在我们革命文学进展的途上一篇划期的议论"。❶两人在"文学是宣传"这一点上达成了一致。此后，后期创造社的忻启介、冯乃超、傅克兴，太阳社的钱杏邨等人都表达了"留声机器"论或宣传论文学观的支持。

在同一期杂志中安排数篇内容相近的论争文章，也是左翼作家彼此呼应的方式。例如，当鲁迅以《"醉眼"中的朦胧》对左翼作家进行反批评时，《文化批判》第4号发表了多篇批驳鲁迅的文章，主要有：李初梨的《请看我们中国的Don Ouixote的乱舞——答鲁迅〈醉眼中的朦胧〉》、冯乃超的《人道主义者怎样地防卫着自己？》、彭康的《"除掉"鲁迅的"除掉"》、龙秀的《鲁迅的闲趣》等。又如，《创造月刊》第2卷第1期上，同时发表了三篇批评鲁迅的文章，分别是郭沫若的《文艺战线上的封建余孽》，梁自强的《文艺界的反动势力》，郑伯奇的《文坛的五月》。

通过编者按语来称许本阵营的作家作品，也是左翼作家常用的论争手法。

---

❶ 郭沫若. 留声机器的回音 [M] // 郭沫若全集·文学编（第16卷）. 北京：人民文学出版社，1989：68.

例如,《太阳月刊》二月号由邨人署名的《编后》对蒋光慈的《关于革命文学》作了如下评价,"讲得透彻深切,大可替革命文学打出一条大道"。❶太阳社同人对钱杏邨的《死去了的阿Q时代》十分推崇。《太阳月刊》三月号《编后》如此评价这篇文章:"在这一号里,杏邨的是值得注意的一篇估定所谓现代大作家鲁迅的真价的文学,这篇论文,实足澄清一般的混乱的鲁迅论。"❷《我们月刊》创刊号发表了两篇激烈攻击鲁迅的文章,分别是成仿吾的《革命文学的展望》和钱杏邨的《"朦胧"以后》。这两篇文章对鲁迅的批评十分偏激。前者说,"我们要获得大众。这'获得大众'并不是醉眼陶然的老朽所误解的'子万民',而是结合大众的思想,感情与意志,加以高扬,使达到解放自己的目的";后者说,鲁迅"捏造事实,欺骗读者,完全采用绍兴师爷的故伎,我们不能不说他的态度是卑劣"。这两篇文章明显缺乏学理,编者在《编后》中对其却作出极高的评价:"厚生的论文《革命文学的展望》,理论很正确,而且在革命文学的进展上有了很具体的办法。杏邨的《朦胧以后》,给鲁迅先生最后一个致命的打击;可是本文的态度却还是恳挚而庄严的。"❸对鲁迅如此严苛,对"自己人"如此偏袒,左翼作家对互相呼应、互为援助的重视程度由此可见一斑。

以上分析的是后期创造社内部或太阳社内部的互相呼应。在论争中,除了各社团内部互援互助外,后期创造社与太阳社这两大社团彼此之间同样声应气求,互为援助。尽管两大社团之间发生过论争,但在面对五四作家时,他们立场一致,观点相近,互相联手,此呼彼应。两大社团曾经召开联席会议,商量组成联合战线的事宜,它们的部分成员后来共同组成我们社,出版《我们月刊》。他们在论争中依托《太阳月刊》《文化批判》《我们月刊》等期刊主动出击,积

❶ 邨人. 编后 [J]. 太阳月刊, 1928(2).

❷ 编者. 编后 [J]. 太阳月刊, 1928(3).

❸ 佚名. 编后 [J]. 我们月刊, 1928(1).

极发言，产生了较大声势，形成了集团效应。例如，后期创造社作家提出"文学是宣传"的观点后，太阳社的钱杏邨就发表书评，称赞蒋光慈的小说发挥了宣传之功；后期创造社作家对鲁迅的《"醉眼"中的朦胧》反唇相讥时，钱杏邨就发表《"朦胧"以后》《三论"朦胧"》等文章对后期创造社进行声援。

总之，左翼作家在论争中充分利用集团优势，通过彼此呼应的方式来加强话语的力量，造成声势。这样一来，不仅强调了左翼文学观的"合理性"，也给论敌带来心理压力，使他们不能或不愿轻易地对左翼作家的观点进行批判。左翼作家的论争有效性因此得以保障。相比之下，五四作家在论争中显得气势不足。尽管五四作家为数众多，但大部分五四作家并未参与论争。冰心、叶圣陶等作家被左翼作家点名，但他们并未加入论争。鲁迅之外，仅有郁达夫、茅盾等人回应过左翼作家的批评，他们所写论争文章数量很少，语气也比较温和。被攻击最多的鲁迅正面回应左翼作家的文章也不多。因此，从论争的形式和气势上看，左翼作家在论争中是占据了有利位置的。

第三节　左翼文学合法性的确立

左翼作家发起革命文学论争，并借着集团的优势控制了论争的走向。随着革命文学论争的展开，左翼作家不断建构文学理论，进行文学创作，在这个过程中逐渐掌握了话语权，确立了左翼文学的合法性。

一、在论争过程中加强自身建设

左翼作家发起革命文学论争，最初是为了打击论敌，并为左翼文学张目。不过，随着论争的展开，左翼文学自身的问题也逐渐暴露出来。主要问题是理论薄弱，作品质量不高。在论争过程中，左翼作家加大了文学创作和理论建构力度，取得了较为明显的成绩。

在 1928、1929 年这两年中，左翼文学作品种类丰富，数量众多。不少作者有意识地提升自己的文学技巧，使作品的艺术水平得到提升。后期创造社和太阳社的成员在创作上非常努力。例如，郭沫若出版了小说散文集《水平线下》，诗集《前茅》《恢复》《沫若诗集》；蒋光慈发表了《蚁斗》《往事》《夜话》《诱惑》《菊芬》《丽莎的哀怨》《哭诉》《光慈诗选》等小说和诗歌；洪灵菲发表了《流亡》《前线》《在洪流中》等小说；戴平万发表了《小丰》《激怒》《恐怖》《树胶园》《出路》《都市之夜》等作品；钱杏邨发表了《革命的故事》《一条鞭痕》《欢乐的舞蹈》等作品；杨邨人有《女俘虏》《田子明的死》《战线上》《三妹》《藤鞭下》《一尺天》等作品；孟超有《冲突》《茶女》《铁蹄下》《盐务局长》《樱花前后》等作品。这些作品在当时是具有先锋性的作品，因为它们创新了文学的主题、题材和风格，显示了一种新的美学风格——英雄主义风格。尽管不少作品在艺术上显得幼稚，但它们塑造了前所未有的充满力量和愤怒，积极反抗和斗争的工人、农民、知识分子，表达了革命的主题和必胜的信念，吸引了为数众多的青年人来阅读和创作左翼文学。而且，随着左翼文学的发展，部分左翼作家也逐渐注意到左翼文学作品艺术技巧上的不足之处，开始进行自我批评和反思。例如，1928 年 7 月，《太阳月刊》停刊号发表的《停刊宣言》指出，"中国目前还没有比较完成的无产阶级文学""许有人以为中国已有了很好的无产阶级文学，我们在目前所感到的却是一空，二空，三空""我们是要注意于无产阶级意识的把握及技巧的完成了"。❶ 又如，1929 年 3 月，太阳社成员林伯修在《1929 年急待解决的几个关于文艺的问题》一文中指出，"过去一年的普罗作品

---

❶ 佚名. 停刊宣言 [J]. 太阳月刊，1928（1）.

陷入公式化概念化的描写，不能令人满意"。❶《太阳月刊》作为此期左翼文学最核心的期刊之一而能承认左翼文学的不足，并在强调无产阶级意识的同时指出技巧的重要性；林伯修作为重要的左翼文论家和翻译家，能够正视左翼文学公式化概念化的弊病，这既说明了左翼作家和左翼文学具有自我纠正的能力，也可以看出革命文学论争对左翼作家文学观念的有益影响。这种自我批评和反思对左翼文学艺术性的提升具有积极意义。

在这个阶段，除了后期创作社和太阳社成员，还有不少新人成为左翼作家，并且取得了不俗的创作成绩，如柔石、胡也频、张天翼等。

左翼作家发起革命文学论争的过程，也是建构文学理论的过程。因为左翼文学理论完全是由国外传入的，中国左翼作家对其接受和运用有一个过程。借着文学论争，左翼作家翻译、发表了大量苏联、日本、美国等国的左翼文学理论和文学作品，逐渐使左翼文学理论变得明晰、丰富，且适用于中国左翼文学创作。在论争中，左翼作家进一步明确了以下重要问题：左翼文学是什么，左翼文学的功能、任务、批评标准，左翼作家的文化身份，左翼文学的内容和形式，等等。几年以后，鲁迅作为曾经左翼文学的论敌，客观地评价了左翼作家理论建构对于促进左翼文学发展的意义，他说，"革命文学之所以旺盛起来，自然是因为由于社会的背景，一般群众，青年有了这样的要求"，❷左翼作家应和着青年读者的这种要求，提出无产阶级革命文学的口号，"使大家注意了之功，是不可没的"。❸除了左翼作家借着论争积极输入左翼文学理论之外，鲁迅、郁达夫、耿济之、王鲁彦等非左翼的作家在这个左翼文学不断发展、趋向繁盛的文学环

---

❶ 林伯修. 1929 年急待解决的几个关于文艺的问题 [J]. 海风周报，1929（13）.

❷ 鲁迅. 上海文艺之一瞥——八月十二日在社会科学研究会讲 [M] // 鲁迅全集（第 4 卷）. 北京：人民文学出版社，2005：303.

❸ 鲁迅. 致曹靖华 [M] // 鲁迅全集（第 12 卷）. 北京：人民文学出版社，2005：242.

境中，也译介了不少左翼文论。鲁迅的成绩尤其可观。1928—1929 年间，鲁迅翻译的左翼文论主要有卢那察尔斯基所著《艺术论》和《文艺与批评》，以及《苏俄的文艺政策——关于文艺政策评议会速记录》等。鲁迅在《"硬译"与"文学的阶级性"》中指出，自己这段时间之所以勤奋翻译左翼文论，是"为了我自己，和几个以无产文学批评家自居的人，和一部分不图'爽快'，不怕艰难，多少要明白一些这理论的读者"。革命文学论争使鲁迅对文学有了新的思考，也产生了新的困惑，他希望理解苏俄的左翼文论，"从别国里窃得火来，本意却在煮自己的肉的"。从这方面来说，是为了自己。在论争中，鲁迅也发现，那些左翼作家对自己的批评因为缺少可参考的理论，常常言不及义，因而希望通过翻译促进中国左翼对左翼文学的研究。从这方面来说，是为了"以无产文学批评家自居的人"。此外，鲁迅也深知有不少读者希望真正理解苏联左翼文论，因此，翻译苏联左翼文论也是为了这些读者。❶鲁迅和其他非左翼的作家所做的左翼文论翻译工作，丰富了中国左翼文论资源，对中国左翼文论的建构产生了重要作用。

　　论争过程中，左翼作家不仅在理论建构上作了专门的努力，也以所建构的理论作为批评的武器。例如，太阳社的钱杏邨既是左翼作家，也是论争的旗手，还是重要的批评家。在论争期间，他以书评的形式对众多左翼作品进行肯定性评价，同时对论争对手的作品进行否定性评价。钱杏邨通过批评对读者的阅读能力进行启蒙，对读者的趣味进行引导，使读者认识左翼文学的特征，承认左翼文学的优长之处。"文学因批评而生成意义，文学批评也就构成了文学意义的制度因素。文学生产不但生产作家作品，而且还生产文学的价值体系"。❷左翼作家以所建构的理论作为标尺来衡量文学的价值，对己方的作品大力褒扬，对

---

❶ 鲁迅. "硬译"与"文学的阶级性" [M] // 鲁迅全集（第 4 卷）. 北京：人民文学出版社，2005：213-214.

❷ 王本朝. 中国现代文学制度研究 [M]. 重庆：西南师范大学出版社，2002：59.

对方的作品大加打击。通过正反两方面的努力，左翼作家为自己的作品生产了价值，使这些作品为越来越多的人关注和认知，成为读者眼中的真正的艺术。总之，左翼作家的论争和批评促进了左翼文学作品的生产和作品价值的生产，使左翼文学从边缘走到中心。"正是在左翼文学论争和创作的实践中，左翼知识分子开始比较系统地阅读、理解、阐释、运用马克思主义和马克思主义文艺理论，并把它们与当时中国社会和文学发展的实际状况联系在一起，创造性地思考左翼文学和左翼作家的前途和命运，发现了左翼文学阶级属性的内在张力，揭示了左翼作家生成过程的主体性悖论，概括了马克思主义中国化起始阶段审美政治化、政治审美化的显著特征。"[1]

值得指出的是，建构左翼文学理论的作家不仅有后期创造社、太阳社的成员，作为左翼论争对手的鲁迅在论争过程中翻译了几部国外左翼文学论著，并且以深刻的论述丰富了左翼文论。如鲁迅认为，文艺是时代的产物，文艺不能超越时代；一切的文艺都是宣传，但一切的宣传并不都是文艺，任何一种文学创作都要讲求艺术的上达；[2]文学都带着阶级性，但并非只有阶级性这一个属性。[3]鲁迅的这些言论对左翼文学理论起到了纠偏和补充的作用，有助于左翼作家深入思考文学问题。

二、通过论争掌握了话语权

文学合法性之争实质上是话语权之争。1928年前后，太阳社、后期创造社借着论争强势突入文学场，搅动风潮，逐渐掌握了文学场的话语权。

---

[1] 高山. 左翼文学论争与左翼作家的主体建构 [J]. 连云港师范高等专科学校学报，2016（4）：38.

[2] 鲁迅. 文艺与革命（并冬芬来信）[M] // 鲁迅全集（第4卷）. 北京：人民文学出版社，2005：85.

[3] 鲁迅. 文学的阶级性 [M] // 鲁迅全集（第4卷）. 北京：人民文学出版社，2005：128.

所谓话语权，简而言之，就是说话的权力。话语权是社会意识形态的工具，是传播和灌输文化观念时必不可少的权力。一个人或一个团体是否拥有话语权及话语权的大小，取决于其文化资本。他（他们）站的位置越高、说话的机会越多、说话的声音越大、言说的次数越多，话语权就越大。在革命文学论争中，左翼作家积累了较多的文化资本，拥有较大的话语权。

首先，左翼作家拥有可观的传媒工具，获得了言说的相对自由和大量的言说机会。左翼作家组成了多个社团，后期创造社、太阳社、我们社、引擎社等社团都拥有自己的期刊或出版社、书店，他们作为信息传播主体，充分利用这些期刊进行信息传播活动。左翼作家在论争中可以非常便利地表达意见，打击论敌，借此突出自己的地位，如冯雪峰所说，"一本大杂志有半本是攻击鲁迅的文章，在别的许多的地方是大书着'创造社'的字样，而这只是为要抬出创造社来"。●冯雪峰这样说是为了表达创造社"狭小的团体主义"的不满，但从他的话语里可以看出，左翼作家确实善于利用传媒优势凸显己方合法性。而他们的论敌却未曾如此作为，他们或者不屑于、或者不善于、或者不敢和他们争辩，也或者是没有传媒条件来展开论争。无论是什么原因，总而言之，整个论争期间，左翼作家借助传媒的力量，大声地、反复地说出自己的意见和主张，造成一种"唯我独革""唯我有理"的表面现象，在文学场中争取到有利位置。

其次，左翼作家不断述说己方的革命身份，这种行为为他们赢得了政治文化资本。左翼作家大都是共产党员，不少人在进行文学建设的同时还参与了实际革命工作。例如，郭沫若不但亲身参加了北伐斗争，而且公开地、激烈地批判蒋介石的反革命行为，在流亡日本期间仍然坚持进行左翼文学建设。这样

● 画室. 革命与智识阶级 [J]. 无轨列车，1928（2）.

的英雄行为为中国革命青年树立了榜样。又如殷夫，因参加革命活动而被南京国民政府关进监狱，他在狱中写下诗歌《死神未到之前》并向《太阳月刊》投稿。《太阳月刊》发表了这首诗，并介绍了诗歌写作背景，如此一来，殷夫其人其诗就被树为无产阶级文学的标杆。"'革命'作为贯穿整个19世纪、20世纪中叶、作为政治合法性重要来源的行动，其代表进步与正义的功能，具有相当广泛的意识形态跨越性"。❶在那个动荡不宁、充满内忧外患的时代，不少青年人尊敬革命者，希望效法革命者的行为，对革命者创作的文学作品有着特别的热情，郭沫若、殷夫等榜样具有极大的号召力量。左翼作家的革命者身份和他们对革命者身份的强调，为他们赢得了政治文化资本，也为他们的作品赢得了读者。

再次，左翼作家不断揄扬己方的文学成绩并贬斥论敌文学的价值，这种行为为他们积累了文学资本，也为他们赢得了言说的资格。福柯指出，并非人人都有言说的权力，说话者只有符合特定条件，拥有特殊资格，才能发声，其声音才能被人听见。福柯将界定言语个体资格的东西称为"仪规"。福柯认为，"仪规界定言语个体所必备的资格（在对话、询问或记诵中谁必须占据什么位置且作出什么样的陈述）；界定必须伴随话语的姿态、行为、环境，以及一整套符号；最后，它确定言词被假设具有或强加给的功效，其对受众的作用，以及其限制性能量的范围"。❷左翼作家通过定义的方式给文学制定了一套标准，并相应地规定了成为当下优秀作家的资格。例如，作家应成为无产阶级革命家，创作中要以集体主义为准绳，要表达无产阶级的理想，等等。左翼作家以这样的话语方式为文学制定了新的仪规，并依据这种仪规确定作家的言说资格。成仿吾、

---

❶ 张广海. 左联筹建与组织系统考论 [M]. 杭州：浙江大学出版社，2018：12.

❷ 米歇尔·福柯. 肖涛，译. 话语的秩序 [M] // 许宝强，袁伟. 语言与翻译中的政治. 北京：中央编译出版社，2001：15.

蒋光慈、李初梨等人多次强调郭沫若和创造社在文学上的贡献，钱杏邨、蒋光慈多次对太阳社成员的作品进行正面评价，通过这样的评价，左翼作家给予己方时代文学代言人的身份和言说的资格。与此同时，左翼作家不断贬低五四作家的人格和作品的价值，将鲁迅、郁达夫、叶圣陶等斥为落伍者，指称其作品已过时，从而剥夺五四作家言说的资格。尽管左翼作家对言说资格的给予和剥夺都发生在话语层面，但他们的话语和姿态经由传媒放大和传播之后，能够对受众发挥现实影响力。

最后，左翼作家利用集团的力量一而再、再而三地重复某些特定话语，使自己的主张获得注意，得到倾听，由此积累了文学声名。例如，左翼作家一再强调文学的宣传作用，一再强调无产阶级文学的先进性；不断赞扬蒋光慈、郭沫若等的文学功绩，反复确认"革命加恋爱"的左翼小说结构模式的价值，等等，使左翼作家成为偶像，使左翼文学样式成为经典。正如福柯所说，"评论原则通过采取重复和相同这种形式的同一性作用来限制话语中的偶然因素"，"评论必须第一次说出已被说过的东西，必须不知疲倦地重复还从未说过的话"，"新事物不在于说了什么，而在其重复的事件中"。❶左翼作家通过不断重复的赞扬和维护增加了己方的价值，同时也通过不断重复的批评和指责消解了五四作家作品的价值，此消彼长间，左翼作家的文化资本快速增加。

左翼作家以种种方式为自己增加了文化资本，争取了言说资格。他们的言论经由论争引发多方面的注意和认同，在文坛上产生了不可忽视的影响。对于左翼文学在此阶段的影响，论争双方的意见基本一致。《太阳月刊》停刊号宣称，"自《太阳》开始发行以后，整个的中国文坛，除去顽固不化的一部分

---

❶ 米歇尔·福柯. 肖涛，译. 话语的秩序 [M] // 许宝强，袁伟. 语言与翻译中的政治. 北京：中央编译出版社，2001：9-11.

外，都很急遽的转换了方向"。[1] 他们的论敌郁达夫后来回忆道："在一九二八，一九二九以后，普罗文学就执了中国文坛的牛耳"。[2] 由此可知，在论争过程中，左翼文学在文学场上立稳了脚跟，掌握了话语权。话语权的掌握是文学合法性得以确立的重要条件，作为论敌的鲁迅、茅盾等人自愿向左翼文学阵营靠拢，则标志着左翼文学合法性的真正确立。

鲁迅、茅盾等人本来也并不反对左翼文学。随着论争的展开，他们对革命文学有了更多的了解，进一步倾向革命文学。鲁迅早就注意到了国外左翼文学的兴盛，也期待中国左翼文学的产生，他在论争中也有偏激之言，但他从未反对左翼文学，他所反感的，是左翼作家的论争态度和某些具体的文学观。在参与论争的同时，鲁迅提出了许多建设性的意见，丰富了左翼文学理论；和郁达夫一起创办旨在介绍左翼文学理论的期刊《奔流》，翻译了论文集《苏俄的文艺政策》，将译文连载于《奔流》上，并且指出："从这记录中，可以看出在劳动阶级文学大本营的俄国的文学的理论和实际，于现在的中国，恐怕是不为无益的。"[3] 鲁迅还翻译了卢那卡尔斯基的左翼文论著作《艺术论》《文艺与批评》。这些译作能够帮助中国读者深入了解苏联无产阶级文学发展历程，给中国的左翼文学批评和创作带来启示。茅盾是早期共产党员，很早就开始关注左翼文学。1925 年 5 月 10 日起，茅盾的文章《论无产阶级艺术》开始在期刊连载。这篇文章介绍了苏联无产阶文学的创作情况，分析了无产阶级艺术产生的条件，无产阶级艺术的内容和形式。文章综合了西方某些革命家的论述，并加入了自己的见解，初步表达了对无产阶级文学的认同。1927—1928 年，茅盾发表了左翼

[1] 佚名. 停刊宣言 [J]. 太阳月刊, 1928（7）.

[2] 郁达夫. 光慈的晚年 [M] // 徐俊西. 海上文学百家文库·44·郁达夫卷. 上海：上海文艺出版社, 2010：584.

[3] 佚名. 编校后记 [J]. 奔流 // 鲁迅. 后记. 北京：人民文学出版社, 1958：468.

文学作品《幻灭》《动摇》《追求》。1928 年 1 月 5 日，《太阳月刊》问世后的第5 天，茅盾发表了《欢迎太阳》一文，表达对太阳社左翼文学创作的期待，并对蒋光慈文章《现代中国文学与社会生活》中的某些偏颇之处提出商榷。茅盾并非左翼文学阵营的成员，在革命文学论争中，蒋光慈等人对茅盾的言论和创作多有批评。

在革命文学论争中，鲁迅、茅盾都表现得非常克制。他们期待这种新兴的充满希望的文学能够真正发展起来，因而能够较为宽容地对待左翼作家的挑战行为。1929 年秋，冯雪峰、冯乃超等人在中国共产党的指示下向鲁迅道歉并解释，鲁迅接受了后期创造社、太阳社伸过来的橄榄枝，与这些先前的论敌共同筹划并组建中国左翼作家联盟。茅盾 1930 年由日本回国后也加入了左联。此后，鲁迅、茅盾和其他左翼作家一起工作，推动左翼文学进入新阶段。革命文学论争画上了圆满的句号，左翼文学的合法性也因此得以确立。

第五章

左联的成立与左翼文学的发展

1930 年 3 月 2 日，中国左翼作家联盟（以下简称"左联"）成立，中国左翼文学翻开了新的一页。左联是中国左翼作家的大联合。左联的成立表明了左翼作家对于革命文学事业的雄心，也表明左翼作家找到了凝聚左翼力量、对抗国民党政治权威、发展左翼文学的有效方式。左联时期，左翼文学呈现出强劲的发展势头，在期刊创办、作家发展、理论建构和文学创作上都取得了不俗的成绩，左翼文学成为这个时期的文学主潮。

第一节　左翼作家的联合与左翼文学阵营的壮大

左联是在中国共产党领导下成立的，因而具有强烈的政治色彩和较为严密的组织形式。严密的组织形式给左翼作家的出版、创作、论争等带来便利；强烈的政治色彩使左联成为南京国民政府打压的对象。这个阶段，左翼作家因为南京国民政府的压迫而遭受重大牺牲，但整体上看，左翼文学阵营得到较大的发展。

一、左联的成立与解散

1929 年，创造社、太阳社、我们社、引擎社等文学团体先后被当局查封，大部分左翼文学团体被迫解散，成立新的左翼作家联合体成为左翼文学发展迫在眉睫的需求。1929 年下半年，在中国共产党高层的指示下，李初梨、冯乃超等左翼作家停止了与鲁迅的论争，和鲁迅共商成立左联事宜。1930 年 3 月 2 日，左联成立大会在上海的中华艺术大学举行，当时的盟员有五十多人，到会的有四十余人，主要为原本属于后期创造社、太阳社、我们社、引擎社的成员，如冯乃超、华汉、龚冰庐、孟超、夏衍、潘汉年、洪灵菲、戴平万、钱杏邨、冯雪峰、郑伯奇、田汉、蒋光慈、李初梨、彭康、殷夫、朱镜我、柔石等，鲁迅、郁达夫也参加了会议。大会选举鲁迅、夏衍、钱杏邨三人成立主席团，选举夏衍、冯乃超、钱杏邨、鲁迅、田汉、郑伯奇、洪灵菲七人为常务委员。大会通过了左联的理论纲领和行动纲领。其理论纲领主要有以下内容："我们不能不站在无产阶级的解放斗争的战线上，攻破一切反动的保守的要素，而发展被压迫的进步的要素，这是当然的结论""我们的艺术不能不呈献给'胜利不然就死'的血腥的斗争""我们的艺术是反封建阶级的，反资产阶级的，又反对稳固社会地位的小资产阶级的倾向。我们不能不援助而且从事无产阶级艺术的产生"。其行动纲领主要有以下内容：第一，左联开展文学运动的目的在求新兴阶级的解放。第二，反对一切对左翼文学运动的压迫。此外还有主要工作方针，包括吸收国外左翼文学经验，建立各种研究的组织，确立马克思主义文艺理论和批评理论，出版机关杂志，进行左翼文学创作等。❶ 随着左联工作的开展，左联的影响越来越大，加入左联的作家越来越多，这一左翼文学的核心组织因此不断壮大。据统计，先后共有四百多人参加左联，还有部分作家虽然没有加入左联，却与左联成员关系密切，其作品也是左翼文学的一部分，如萧军、萧红等。

左联有着较为严密的组织架构。左联接受中共中央宣传部文化工作委员会（简称"文委"）的领导。左联的领导机构为常务委员会（后改称执行委员会），下设组织部、宣传部、编辑部、出版部、创作批评委员会、大众文艺委员会、国际联络委员会等部门。除成立大会选出的七位常务委员之外，茅盾、冯雪峰、柔石、胡风、丁玲、徐懋庸等也担任过左联的领导工作。除了常务委员会，左联内还有一个领导组织"党团"。党团是中国共产党的组织，先后担任党团书记的有潘汉年、冯乃超、冯雪峰、华汉、丁玲、周扬等。

---

❶ 陈瘦竹. 左翼文学运动史料 [M]. 南京：南京大学学报编辑部，1980：9-10.

左联成立后，左翼作家做了大量工作，取得了令人瞩目的成绩，进一步推动了左翼文学思潮的发展。但是，左联内部存在宗派主义、关门主义等问题，左联领导人之间，尤其是周扬、夏衍等人与鲁迅之间对文学、文化和相关活动的意见时有分歧，加上种种人事纠葛，造成左联内部的矛盾。内部矛盾制约了左联活动的开展，也在一定程度上导致了左联的终结。1935 年 11 月（一说 8 月），"左联" 驻国际革命作家联盟的代表萧三受中国共产党驻共产国际代表团首席代表王明的委派，写信回上海，要求解散左联。萧三给出的解散左联的理由是，左联在政治上表现得过于激进，而且存在宗派主义、关门主义等问题，在民族危机日益加紧的形势下，左联已不能适应客观的需要。萧三在来信中，指出左联工作要有一个大的转变，要（由左联牵头）另外发起、组织一个广大的文学团体即文学界抗日统一战线。根据萧三来信的指示，左联大约于 1936 年春自动解散。左联解散之后，在很长一段时期内仍有余响。1936 年 6 月 7 日，原左联核心成员周扬、徐懋庸等人发起成立中国文艺家协会，参加者有 100 多人，作为曾经的左联盟主的鲁迅拒绝参加。1936 年 6 月下旬，鲁迅和巴金、黎烈文、黄源等 60 多人共同发表《中国文艺工作者宣言》。在此前后，鲁迅、胡风、冯雪峰等人和周扬、徐懋庸等人发生了 "两个口号" 之争。1936 年 8 月，鲁迅发表《答徐懋庸并关于抗日统一战线问题》，公开说明他和周扬、徐懋庸等左联领导人之间的矛盾和分歧。

左联解散后，由左联团结起来的许多左翼作家仍然坚持进行左翼文学创作，不少人后来成为 20 世纪 40 年代左翼文学的中坚力量。

二、左联时期的左翼报刊

左联成立前后，左翼作家创办了为数众多的期刊。左联存在期间比较突出的期刊有《拓荒者》《萌芽月刊》《十字街头》《北斗》《文学月报》《文学导报》等。此外，中间偏左的期刊《文学》发表了大量左翼小说、诗歌，不属于左翼阵营的黎烈文主编的《申报·自由谈》发表了大量左翼杂文。

《萌芽月刊》于1930年1月1日创刊，从第4期起成为"左联"的机关刊物，出版至第1卷第5期后被国民党当局查禁，改名为《新地月刊》，出版1期后因遭查禁而停刊。鲁迅主编，冯雪峰协助编辑，柔石、魏金枝也曾参与编辑，主要撰稿人有鲁迅、冯雪峰、魏金枝、柔石、张天翼、殷夫、冯乃超、龚冰庐、沈端先、姚蓬子等。《萌芽月刊》是一个侧重文学的综合性期刊，发表了不少文学作品，也介绍了较多的国外左翼文学理论、文学作品和社会评论，政治和文化色彩都比较浓厚。鲁迅与梁实秋论争的文章《"硬译"与"文学的阶级性"》、魏金枝的小说《奶妈》、张天翼的小说《报复》、柔石的小说《为奴隶的母亲》都发表于该刊。

《拓荒者》是由原太阳社成员在《新流月报》的基础上创办的，1930年1月10日创刊，从第3期起成为左联的机关刊物，出版5期后停刊。钱杏邨主编，主要撰稿人有蒋光慈、殷夫、洪灵菲、戴平万、冯铿、沈端先、龚冰庐、孟超、郭沫若、郑伯奇、冯宪章、冯乃超、钱杏邨、祝秀侠、华汉、段可情、王任叔、楼适夷、沈起予等。在半年左右的时间里，《拓荒者》刊载了大量文学作品和论文，文学作品有殷夫的组诗《我们的诗》、洪灵菲的小说《家信》、杨邨人的剧本《两个典型的女性》等，论文有钱杏邨的《中国新兴文学中的几个具体的问题》，潘汉年的《普罗文学运动与自我批判》等。

《前哨》于1931年4月25日创刊，从第2期起，《前哨》改名为《文学导报》，1931年11月15日出版至第8期后停刊。冯雪峰、鲁迅、茅盾、沈端先、华汉等人担任编辑工作。该刊是左联秘密发行的机关刊物。《前哨》创刊号是纪念左联五烈士的"纪念战死者专号"，发表了《中国左翼作家联盟为国民党屠杀大批革命作家宣言》《为国民党屠杀同志致各国革命文学和文化团体及一切为人类进步而工作的著作家思想家书》、鲁迅的《中国无产阶级革命文学和前驱的血》、文英的《我们的同志的死和走狗们的卑劣》、梅孙的《血的教训——悼二月七日的我们的死者》等文章，以及左联五烈士的部分遗著。《文学导报》上发表了针对民族主义文学家的论争文章，主要有：鲁迅《"民族主义文学"的任务和运命》、瞿秋白《屠夫文学》、茅盾《"民族主义文艺"的现形》等。

《北斗》于1931年9月创刊，1932年7月出至第2卷第3、4期合刊后停刊，共出8期。丁玲主编，姚蓬子、钱杏邨、沈起予、冯雪峰、华汉、楼适夷等协编，主要撰稿人有丁玲、冯雪峰、瞿秋白、沈起予、白薇、张天翼、华汉、茅盾、姚蓬子、楼适夷、穆木天等。《北斗》是左联机关刊物，该刊以发表文学作品为主，也发表了不少文学评论。丁玲的小说《水》、鲁迅的杂文《宣传与做戏》、茅盾的论文《关于"创作"》、冯乃超的论文《新人张天翼的作品》等都发表于其上。

《十字街头》于1931年12月11日创刊，原为半月刊，第3期（1932年8月5日）起改为旬刊，出至第3期后被国民党当局查封。鲁迅主编，冯雪峰参与编辑。该刊是左联机关刊物，主要刊登杂文和诗歌，内容多是关于抗日救亡的。鲁迅、冯雪峰、瞿秋白等是主要撰稿人。鲁迅的《沉滓的泛起》《"友邦惊诧"论》《知难行难》、瞿秋白的《论翻译》等都发表于该刊。

《文学月报》于1932年6月10日创刊，最初由姚蓬子主编，后4期由周扬主编，主要撰稿人有姚蓬子、鲁迅、周扬、丁玲、田汉、茅盾、白薇、洪深、巴金等。该刊为左联机关刊物，主要发表文学作品和文学理论文章，鲁迅的《〈苏联闻见录〉序》、茅盾长篇小说中的两节——《火山上》《骚动》、丁玲小说《某夜》、田汉的戏剧《暴风雨中的七个女性》等均发表于该刊。

此外，值得提及的还有《文学》月刊和《申报》副刊《自由谈》。此二刊并非左联机关刊物，但发表了不少左翼作家的作品，带有浓厚的左翼色彩。

《文学》于1933年7月1日创刊，1937年11月10日停刊，共出52期，是1930年代产生过巨大影响的文学类杂志。由郑振铎、茅盾发起，郑振铎、傅东华、王统照先后担任主编，郁达夫、茅盾、叶绍钧、郑振铎、胡愈之、傅东华、洪深、陈望道、徐调孚为编辑委员会成员，黄源参与了第1卷至第5卷的编辑工作。鲁迅最初也是《文学》编辑委员会成员之一，后因"休士风波"宣布退出编委会。《文学》特约撰稿员有48人，鲁迅、老舍、田汉、郑伯奇、丁玲、王鲁彦、郭绍虞、耿济之、张天翼等都是特约撰稿人，郭沫若、钱杏邨、胡风、吴组缃、沙汀、艾芜、萧军、萧红、周扬等也经常为之供稿。《文学》发表了许多著名文学作品，其中属于左翼文学的有茅盾的小说《残冬》，叶圣陶的小说《多收了三五斗》，舒群的小说《没有祖国的孩子》，洪深的戏剧《农村三部曲》（《青龙潭》《五奎桥》《香稻米》），鲁迅的杂文《病后杂谈》，臧克家的诗歌《罪恶的黑手》等。《文学》作为一份中间偏左的杂志，在那个左翼期刊动辄被禁的时期为左翼文学提供了非常可观的生长空间。

《自由谈》是《申报》的主要副刊之一。《申报》于1872年4月30日创刊于上海，原名《申江新报》，后改名为《申报》。《自由谈》是《申报》的传统专栏，1911年8月24日开办，王钝根、吴觉迷、姚鹓雏、陈蝶仙、周瘦鹃等人先后担任主编。在这些礼拜六派作家主持时，《自由谈》常常登载古典诗词、游戏文章或礼拜六派小说，其风格或荒诞滑稽，或哀感顽艳。1932年12月，时任《申报》总经理的史量才任用黎烈文为主编，希望其能够对《自由谈》进行革新。黎烈文其时刚从法国留学归来，他在法国专攻文学，但在国内文坛默默无闻，也未加入任何文学派别。黎烈文接手后，从作家队伍、作品内容、作品形式等方面改革《自由谈》，很快就使其面貌一新。黎烈文制定的投稿简章主要有以下内容：400字以内，意味深长之幽默文字；翻译短篇世界名著；内容充实和有艺术价值之短篇创作小说；对于妇女、家庭、儿童、青年等问题之文字；科学家轶闻，发明故事，及浅近有趣之科学介绍；关于世界各国风土人情等之记述；文字优美且具特殊见地之游记印象记等。❶为了提高《自由谈》的文学品位，黎烈文积极向鲁迅、茅盾约稿，多刊登他们的杂文，由此逐渐形成《自由谈》的左翼主题。这样的主题又吸引了徐懋庸、唐弢、周立波、艾芜、草明、欧阳山等左翼作家和未来的左翼作家前来投稿。在黎烈文主持的一年零五个月里，《自由谈》逐渐变成左翼文学的重要阵地。

三、左联时期左翼作家的聚合——以鲁迅为中心的考察

左联自成立到解散的六年间聚合了四百多位盟员，在团结左翼作家方面作出了重要成绩。左联的最初盟员主要由三部分作家组成，一是原来的太阳社、后期创造社、我们社、引擎社等左翼文学社团的成员，二是鲁迅、茅盾、郁达夫等五四作家，三是认同左翼文学、积极向左联靠拢的进步作家，如柔石、胡也频、丁玲、张天翼等。这些作家成为左联盟员后，在文学观念上互相靠近，在文学创作上共同实践左翼文学观念，不断推动左翼文学发展。在左联发展过程中，许多人和事都起到了作用，作为左联盟主的鲁迅在聚合左翼作家、推动左联发展方面更是作出了巨大的贡献。鲁迅自始至终都积极参与左联建设，下面从鲁迅在左联成立大会上的讲话、在左联五烈士事件中的表现、在编辑左翼期刊方面的贡献、在团结和提携进步青年作家的成绩这几个方面进行分析。

在左联成立大会上，鲁迅作了重要演讲。鲁迅在演讲中提出了关于左翼作

---

❶ 佚名. 投稿简章 [N]. 申报·自由谈，1932-12-02.

家自身建设和左翼文学发展的重要意见。鲁迅告诫大家，左翼作家是很容易成为右翼作家的。这是因为，如果左翼作家不与实际的社会斗争接触，表现出反抗的一面很容易，但他们不明白革命的实际情形，自以为文学家高于一切，一旦碰到实际，就很容易失望、动摇，甚至成为新的运动的反动者。为了避免左翼作家的这种退化，鲁迅提出了今后应该注意的事项：一是进行对抗旧社会和旧势力的斗争时，态度上要坚决，时间上要坚持，而且要注重实力；二是要扩大文学上的战线，与旧文学、旧思想作斗争；三是要造出大群的新的左翼作家，以改变左翼书刊作家不多、作品内容单薄的现状；四是要为工农大众服务，以此为文学上的联合战线的共同目的。❶从这篇文章可以看出，鲁迅对左翼文学有着非常深刻的认识。他对左翼文学期望极高，同时对于左翼文学事业发展的艰难和曲折有着清醒的认知，对于左翼文学的发展有着切实的规划。这个演讲高屋建瓴，实事求是，对左翼文学的发展起到了很好的推动作用，此后左联在开展文学论争、发展盟员等方面，基本上也是按照鲁迅所期望的方向进行的。

在"左联"五烈士事件发生后，鲁迅与反革命势力作了坚决的斗争。1931年2月7日，柔石、胡也频、殷夫、李伟森（李求实）、冯铿五位左联作家被国民党在上海龙华秘密杀害，他们就是"左联五烈士"。五烈士中，柔石是鲁迅的学生和朋友，二人在上海过从甚密；殷夫与鲁迅相熟，鲁迅曾在自己主编的期刊中发表过殷夫的作品，并两次赠书给殷夫；其他三位烈士与鲁迅或有一面之缘，或从未见过面。五烈士的牺牲使鲁迅"沉重的感到我失掉了很好的朋友，中国失掉了很好的青年"。❷左联秘密发行的机关刊物《前哨》的第1期和第

---

❶ 鲁迅. 对于左翼作家联盟的意见——三月二日在左翼作家联盟成立大会讲 [M] // 鲁迅全集（第4卷）. 北京：人民文学出版社，2005：238-243.

❷ 鲁迅. 为了忘却的记念 [M] // 鲁迅全集（第4卷）. 北京：人民文学出版社，2005：500.

2 期（此期改名为《文学导报》）为"纪念战死者专号"。鲁迅在创刊号上发表《中国无产阶级革命文学和前驱的血》一文。文章义正词严地指出，中国的无产阶级革命文学在诬蔑和压迫之中滋长，在"最黑暗里，用我们的同志的鲜血写了第一篇文章"。统治者暗杀左翼作家，"这一面固然在证明他们是在灭亡中的黑暗的动物，一面也在证实中国无产阶级革命文学阵营的力量"。❶两年后，鲁迅又写了《为了忘却的记念》一文表达对五烈士的纪念和对统治者的愤恨。1936 年，鲁迅写了《白莽作〈孩儿塔〉序》一文，文章怀念殷夫，并对他的革命诗歌作了高度评价："这是东方的微光，是林中的响箭，是冬末的萌芽，是进军的第一步，是对于前驱者的爱的大纛，也是对于摧残者的憎的丰碑。"❷鲁迅的这些文章，揭露了反动统治者残害左翼作家的罪行，中肯地评价了五烈士对左翼文学的贡献，揭示了五烈士作品的革命现代性，提高了左联的凝聚力和左翼文学的影响力。

左联时期，鲁迅主编或参与编辑了多种左翼期刊及其他进步期刊。在左联前期，鲁迅主编或参编的主要有《萌芽月刊》《巴尔底山》《世界文化》《前哨》《十字街头》五种左联机关刊物；在左联后期，鲁迅主编或参编的主要有《译文》《太白》《海燕》《文学》四种与左翼作家关系密切的期刊。在 20 世纪 30 年代，编辑左翼期刊和进需要耗费大量的精力，既要完成具体的编辑事务，还要筹措出版费用，更要与政府书报检查部门周旋斗争。鲁迅克服重重困难编辑和出版期刊，保护和扩大了左联的阵地，联络、凝聚了大量左翼作家。

鲁迅在培养、提携青年作家方面向来不遗余力，在左联时期的成绩尤其

---

❶ 鲁迅. 中国无产阶级革命文学和前驱的血 [M] // 鲁迅全集（第 4 卷）. 北京：人民文学出版社，2005：289.

❷ 鲁迅. 白莽作《孩儿塔》序 [M] // 鲁迅全集（第 6 卷）. 北京：人民文学出版社，2005：512.

明显，不少青年作家是因为追随鲁迅而加入左联的。此期接受过鲁迅帮助的作家非常多，著名的有沙汀、艾芜、叶紫、萧军、萧红等。沙汀、艾芜1931年底联名给鲁迅写信，向鲁迅请教创作问题，自此开始了与鲁迅的交往。一年后，这两位作家加入左联。鲁迅的热心指导对他们的文学选择与文学创作产生了重要影响。叶紫、萧军、萧红都是1930年代文坛的后起之秀。在他们籍籍无名的时候，鲁迅指导他们写作，帮助他们寻找发表作品的途径。鲁迅还以"奴隶社"的名义为叶紫、萧军、萧红各出版了一本书，即叶紫的短篇小说集《丰收》，萧军的中篇小说《八月的乡村》，萧红的中篇小说《生死场》。鲁迅将这三本书命名为《奴隶丛书》，分别为三本书写序。他肯定《丰收》在摧残中"更加坚实"，指出作品是"战斗的文学"，是对于压迫者的答复。❶他称赞《八月的乡村》是关于"东三省被占的事情"的很好的小说，尽管作品艺术上不够成熟，但写出了作者失去的故乡和故乡中受难的人民，"显示着中国的一份和全部，现在和未来，死路与活路"。❷他赞扬《生死场》力透纸背地写出了"北方人民的对于生的坚强，对于死的挣扎""女性作者的细致的观察和越轨的笔致，又增加了不少明丽和新鲜"。❸《奴隶丛书》出版于1935年，当时南京国民政府实行严厉的出版物审查制度，出版环境十分恶劣，鲁迅克服种种困难帮助进步作家出版作品并向读者大力推荐，对于推动左翼文学的发展具有重要意义。

　　茅盾等左翼作家也注意发现和帮助进步青年作家，热心指点他们的文学创作，帮助他们走上左翼文学道路。此外，已经成为左联盟员的作家经常会借助同乡、同学、朋友等关系介绍青年作家加入左联，或者通过发现青年作家文章

---

❶ 鲁迅. 叶紫作《丰收》序 [M] // 鲁迅全集（第6卷）. 北京：人民文学出版社，2005：228.

❷ 鲁迅. 田军作《八月的乡村》序 [M] // 鲁迅全集（第6卷）. 北京：人民文学出版社，2005：296.

❸ 鲁迅. 萧红作《生死场》序 [M] // 鲁迅全集（第6卷）. 北京：人民文学出版社，2005：422.

中的革命性因素而推荐其加入左联。如叶紫介绍其同学魏猛克加入左联，周扬介绍其亲戚周立波加入左联，任白戈因发现徐懋庸的才华而介绍其加入左联，等等。左联时期，在南京国民政府的文化高压政策下，左翼文学的发展时有曲折，但总体上看，左翼作家数量明显比上一时期增长，左翼作家之间的联系明显比上一时期紧密，左翼阵营得以壮大。在全体左翼作家的努力下，左翼文学不断趋向成熟。

第二节　左联时期的左翼文论建设

左翼文学是一种不断创生的文学。左联时期，左翼作家十分重视文学理论建设。他们以左联成立之前的左翼文论成就为基础，通过译介马克思主义文艺理论，发起或参与文学论争，进行文学批评，由此推动左联时期的文论建设走向深入。

一、左联时期的文论建设

左联非常重视左翼文艺理论建设。左联成立后，创建了马克思主义文艺理论研究会。这个研究会给自己规定了以下六项主要工作：①中国无产阶级文学作品及理论的发展之检讨。②外国马克思文艺理论的研究。③中国文学的唯物史观的研究。④中国非马克思主义的文艺理论的检讨。⑤外国无产阶级文学作品之研究。⑥文艺批评的研究。❶左联在此后基本上落实了这些工作任务。左联时期，在文论研究方面比较突出的有瞿秋白、周扬和鲁迅。瞿秋白翻译了高

---

❶ 陈瘦竹. 左翼文学运动史料 [M]. 南京：南京大学学报编辑部，1980：32.

尔基的《高尔基论文选集》等理论著作，并写了《马克思恩格斯和文学上的现实主义》《恩格斯和文学上的机械论》等文章，对马克思主义经典作家的文艺思想做了系统全面的介绍与阐述。瞿秋白还发表了《普罗大众文意的现实问题》《大众文艺的问题》《文艺的自由和文学家的不自由》《〈鲁迅杂感选集〉序言》等重要论文。周扬翻译了苏联文论家弗理契的《弗洛伊特主义与艺术》，撰写了《关于"社会主义的现实主义与革命的浪漫主义"——"唯物辩证法的创作方法"之否定》《关于文学大众化》等论文。鲁迅此期的文学思想主要体现在序跋及论析文学问题的杂文中，如《白莽作〈孩儿塔〉序》《徐懋庸作〈打杂集〉序》《伪自由书·前记》《小品文的危机》《"京派"与"海派"》《论"旧形式的采用"》等。

左联时期，左翼作家关注的重大理论问题主要有文艺大众化和马克思主义文学创作方法等。

文艺大众化问题在1928—1929年已为左翼作家关注，左联成立后，设立了文艺大众化研究会。1931年11月，左联执委会通过《中国无产阶级革命文学的新任务》的决议，该决议专设一节谈论文学的大众化问题。决议规定，"文学的大众化"是建设无产阶级革命文学的"第一个重大的问题"。❶此后一年多的时间里，《北斗》《文艺新闻》等刊物发表了多篇讨论大众化问题的文章。《北斗》对大众化问题的讨论比较深入，提出的观点较具代表性。以该刊第2卷第3、4期合刊发表的相关文章为例。此期讨论大众化问题的主要有华汉的《文学的大众化与大众文学》，郑伯奇的《文艺大众化与大众文艺》，周扬的《关于文学大众化》，田汉的《戏剧大众化与大众戏剧》。郑伯奇（何大白）认为，文学大众化指的是普洛文学领导权的问题，大众化的关键是要在工农大众中间培

---

❶ 陈瘦竹. 左翼文学运动史料 [M]. 南京：南京大学学报编辑部，1980：161.

养和选拔真正的普洛作家。❶郑伯奇回答了"大众"是谁和文艺怎样实现大众化的问题。郑伯奇所说的"大众"是工农大众，这是一个政治化概念，意指和剥削、压迫阶级对立的广大工人、农民；而其在工农大众中培养和选拔普罗作家的观点，正是对 1923 年以来一直被讨论的"左翼文学由谁写"的问题的回答。华汉以笔名寒生发表的《文学的大众化与大众文学》从新兴文艺为什么应该进行大众化、怎样进行大众化、怎样创作大众文艺、文艺大众化为什么至今没有作出成绩这四个方面进行阐述，重点论析了大众化的内容和形式问题。文章指出，大众化的作品不仅要有反帝国主义反封建残余及反资产阶级的内容，同时还应确立无产阶级正确的宇宙观人生观及至恋爱观，大众化作品要以大多数的工农大众所说的普通话来创作，结构上则应简明。在创作方法上应抛弃革命的浪漫蒂克路线，采用唯物辩证法的现实主义路线。❷周扬（周起应）认为，文学大众化要解决作品的语言和形式问题，语言要通俗易懂，可以采用小调、唱本、说书、文明戏等旧形式。要实现大众化，最要紧的是要在大众中发展新作家。❸田汉认为，普罗戏剧应采用唯物辩证法的创作方法。❹鲁迅也发表过有关文艺大众化的文章。他在《论"旧形式的采用"》中指出，既不能一味搬用旧形式，也不可全盘否定，采用旧形式时要有所增删，从而催生新形式。❺

对文艺大众化的重视和追求是左翼文学的必然要求，因为左翼文学是要以文学宣传革命，以大众化实现"化大众"的目的。左翼作家的大众化讨论在一

❶ 何大白. 文学的大众化与大众文学 [J]. 北斗，1932，2（3，4，合刊）.

❷ 寒生. 文艺大众化与大众文艺 [J]. 北斗，1932，2（3，4，合刊）.

❸ 起应. 关于文学大众化 [J]. 北斗，1932，2（3，4，合刊）.

❹ 田汉. 戏剧大众化与大众戏剧 [J]. 北斗，1932，2（3，4，合刊）.

❺ 鲁迅. 论"旧形式的采用" [M] // 鲁迅全集（第 6 卷）. 北京：人民文学出版社，2005：25.

定程度上实现了马克思主义文论的中国化，尽管其理论思考还不成熟，但这种努力是有价值的，左翼作家对文学大众化的设想不仅对左翼文学的艺术形式产生了重要影响，而且引起了社会各界的广泛重视，对于中国现代文化、教育的建设也具有启示意义。

对于创作方法的讨论也是左联时期文论建设的重点。1928—1929年，创作方法问题已经引起了左翼作家的重视。当时的左翼作家以现实主义为正宗，林伯修等人输入的藏原惟人新写实主义是左翼作家所认可的创作方法。不过，以这种方法创作出来的作品往往具有"革命的浪漫蒂克"倾向，即作品有着不切实际的理想主义色彩，人物、情节的设置上存在概念化、公式化的弊病。左联时期，左翼作家输入苏联的"唯物辩证法的创作方法"，对"革命的浪漫蒂克"倾向进行了批评和反思。"唯物辩证法的创作方法"是"拉普"在第二次国际革命作家代表大会上提出的，这次大会于1930年11月在哈尔科夫举行。"拉普"总书记阿卫尔巴赫在会上提出，"希望我们的作家不限于只能将一切实际情形映摄出版，仅反映着今日，而希望能按照唯物的辩证法工作，能预见一切"。[1]"唯物辩证法的创作方法"自此在世界革命作家中得到确认。郑重地将这种方法介绍到中国的是萧三。萧三作为左联常驻苏联代表出席了此次大会，他在将近一年之后，将对于此次大会的报告发表于《文学导报》。他在报告中强调指出，"请同志们注意阿卫尔巴赫同志的报告是这次大会之理论的标帜""创作方法的问题和政治争斗的问题是分不开来的"。[2]在萧三的提倡下，"唯物辩证法的创作方法"开始被左联所重视，在一段时期内甚至是左联唯一坚持的创作方法。然而，这种方法有着明显缺陷。提出者认为，作家的世界观直接决定文学创作，作家应通过对具体人物和生活的描写体现唯物

---

[1] 陈瘦竹. 左翼文学运动史料 [M]. 南京：南京大学学报编辑部，1980：93.

[2] 陈瘦竹. 左翼文学运动史料 [M]. 南京：南京大学学报编辑部，1980：94-95.

辩证法。这种方法要求作家以客观观照的方式写出"应然的生活",与藏原惟人的"新写实主义"相当接近。这两种方法都无法在实践中贯彻运用。事实上,"唯物辩证法的创作方法"应用时间并不长。1932 年 4 月 23 日,联共(布)中央委员会决定解散"拉普","唯物辩证法的创作方法"自此被质疑,不久之后被"社会主义现实主义"所取代。然而,由于消息的滞后,中国左翼作家 1932 年 7 月还在大张旗鼓地提倡"唯物辩证法的创作方法",并以之为依据批评华汉的小说《地泉》。

后来,左联又引入了苏联的"社会主义现实主义"创作方法。这一方法是 1932 年苏联首届作家代表大会确定的,它要求文艺家以社会主义精神为指导,从革命实际出发,真实地历史地描写现实,以文学改造和教育劳动人民。将这个方法系统介绍到中国的是周扬。1933 年 11 月,周扬发表《关于"社会主义的现实主义与革命的浪漫主义"——"唯物辩证法的创作方法"之否定》一文。其后中国左翼作家开始清算"唯物辩证法的创作方法",转而学习和实践"社会主义现实主义"创作方法。当然,中国左翼作家对这种方法的理解和应用存在一定的偏差,这给他们的创作和批评带来一定的困惑。不过,没有哪一位中国左翼作家会完全机械地遵照这些文艺理论进行创作和批评实践,作家在应用某种理论时不会完全遮蔽自己的主体性和创造力,鲁迅、茅盾等优秀左翼作家更是活学活用文艺理论的典范。中国左翼作家能够大胆"拿来"国外左翼文论,这样的行为值得肯定。通过"拿来",中国左翼作家加强了与国际左翼文学运动的联系,也为进一步建构中国文论打下了坚实的基础。

二、左联时期的文学论争与批评

左联时期，左翼作家不仅在文学创作、理论译介、刊物创办等方面卓有成就，在文学论争方面也声势浩大，影响深远。自左联成立起，左翼作家与其他文学流派之间开展了多次文学论争，其中著名的有：左翼作家与民族主义作家关于民族主义文学问题的论争，左翼作家与论语派关于小品文问题的论争。左翼作家与民族主义文学作家都坚持政治化文学观念，但二者政治立场完全敌对，他们之间论争的结果是此消彼长；左翼作家与论语派分别属于政治化文学阵营和自由主义文学阵营，他们在政治立场上有不少共通之处，通过论争实现了共同发展。

民族主义文学出现于 1930 年代前期，是由国民党发起的与左联针锋相对的文学流派，这个流派主张以民族意识代替阶级意识，主要成员有潘公展、王平陵、黄震遐等。这个流派出版了《前锋周报》《前锋月刊》等报刊，代表性的作品有黄震遐的《陇海线上》《黄人之血》等。鲁迅、茅盾、瞿秋白等左翼作家对民族主义文学的理论主张和文学作品进行了严厉批评和坚决的斗争，其中的重要文章有：鲁迅的《"民族主义文学"的任务和命运》，茅盾的《民族主义文艺的现形》，瞿秋白的《屠夫文学》等。在此次论争中，左翼作家与论敌之间壁垒分明，实力悬殊，很快就取得论争的胜利，民族主义文学则变得一蹶不振。

与民族主义文学问题论争相比，小品文论争显得很特别。首先是论争时间长；其次是参与人员多；再次是论争结果呈现为共赢的局面：双方都在论争过程中增加了成员、作品和期刊，厘清了创作理论，扩大了流派影响；最后是论争双方最终握手言和。左翼阵营在这场论争中掌握着主动权，小品文论争由其发动，又由其终结，左翼文学也在论争中持续发展。深入分析这场论争，能够帮助我们理解左翼文学在 1930 年代的建构策略。

1932 年 9 月，林语堂创办《论语》杂志，提倡幽默性灵小品文。这份杂志和 1934 年创办的《人间世》，1935 创办的《宇宙风》一起，共同将幽默性灵小品文推向繁盛，论语派也在这个过程中得以形成和发展。论语派的文学观念与当时的文学主潮——左翼文学有着较大的分歧，左翼阵营与论语派围绕小品文创作诸问题进行了为期数年的批评与反批评，这就是文学史上著名的"小品文论争"。

论语派出现之前，左翼文学已经成为文坛主要流派。左联拥有众多盟员、作品和期刊，通过理论建构和创作实践，左翼作家的无产阶级文学观念逐渐成熟。左翼作家重视文学的功利作用，作品多涉政治问题，多采取批判和反抗的立场。论语派的文学主张与左翼大异其趣。论语派秉持不谈政治、不左不右的立场，提倡幽默、性灵、闲适小品文。林语堂等人强调创作主体的自由和文学的自主，重新解释新文学的源流并定义文学，认为文学是个人性灵之表现，其文学观与五四时期的个性主义、人道主义文学、语丝派的趣味主义文学一脉相承。如此一来，左翼感知到一种信号：曾经被其"打倒"的对手有"卷土重来"的之势。论语派的核心成员由两部分作家构成，一部分是原语丝派作家（包括后来《骆驼草》周刊周围的人），如林语堂、周作人、孙伏园、孙福熙、俞平伯、刘半农、废名、章衣萍；另一部分是原新月派作家（与平社成员相叠合）如邵洵美、潘光旦、全增嘏、沈有乾。这两部分作家恰恰是革命文学论争中左翼作家打击的对象。他们的联合和高调出场，对于左翼来说是一种公然的冒犯和挑战。

此时以左联为核心的左翼作家是文学场的主导者。在与论语派论争之前，左翼与民族主义文学、三民主义文学、自由人、第三种人等观念相异的流派发生过论争且取得明显的胜利，成功地维护了自身的话语权。异军突起的论语派拥有一批文学成就显著的成员，且建构了一套完备、自洽的小品文理论，其《论语》杂志在读书市场也极受欢迎。对于这个从一开始就表明了不同于左翼的文学立场和艺术趣味的流派，左翼阵营自然要加以注意和批评。论语派为了维护自己的立场，在文学场争取位置，对来自左翼的批评做了积极回应，小品文论争由此发生。

对于论语派的幽默主张，鲁迅批评道，这是个"皇帝不肯笑，奴隶是不准笑的"时代，"幽默"在中国是不会有的。❶胡风认为，"子弹呼呼叫的地方的人们无暇幽默，赤地千里流离失所的人们无暇幽默，行在街头巷尾的失业的人们也无暇幽默。他们无暇来谈谈心灵健全不健全的问题"。❷

对于论语派的闲适观，鲁迅等左翼作家进行了批驳。鲁迅认为："就是诗，除论客所佩服的'悠然见南山'外，也还有'精卫衔微木，将以填沧海，形天舞干戚，猛志固常在'之类的'金刚怒目式'，在证明着他并非整天整夜的飘飘然。这'猛志固常在'和'悠然见南山'的是一个人，倘有取舍，即非全人，再加抑扬，更离真实。"❸

对于论语派的小品文观，鲁迅等左翼作家也不赞成。在《论语一年》中，鲁迅将论语派小品文比作不合时宜的小摆设，同时指出，"生存的小品文，必须是匕首，是投枪，能和读者一同杀出一条生存的血路的东西"。❹

论语派作家针对左翼作家的批评进行了一系列反批评。林语堂写了《今文八弊》《游杭再记》《小品文之遗绪》《还是讲小品文之遗绪》《我不敢再游杭》等文章，阐释自己的文学主张，批驳左翼阵营的批评。期间施蛰存、康嗣群的《文饭小品》月刊也加入了论争。在创刊号的《创刊释名》一文中，编者解释刊名的来历和意义，指出称小品文为"清谈"和"小摆设"的说法属于诽谤，

---

❶ 鲁迅. "论语一年"——借此又谈萧伯纳 [M] // 鲁迅全集（第4卷）. 北京：人民文学出版社，2005：585.

❷ 胡风. 林语堂论 [M] // 胡风评论集（上）. 北京：人民文学出版社，1985：20.

❸ 鲁迅. "题未定"草（六）[M] // 鲁迅全集（第6卷）. 北京：人民文学出版社，2005：436.

❹ 鲁迅. 小品文的危机 [M] // 鲁迅全集（第4卷）. 北京：人民文学出版社，2005：592-593.

并宣称，《文饭小品》"也许是清谈，但不负亡国之责，也许是摆设，但你如果因此丧志，与我无涉"。❶周作人此期也有多篇文章维护论语派和自己的文学思想，批评左翼的文学主张。他的《十竹斋的小摆设》❷指鲁迅、郑振铎所编《十竹斋笺谱》是真正的"小摆设"。他批评盲目信仰，认为狂信是不可靠的，刚脱了旧的专断，便会走入新的专断。❸他将所谓"有用"的文章称作"祭器"，认为其"到底还是一种摆设，只是大一点罢了"。❹

1935年7月，左翼阵营停止了对论语派的批评，两派作家达成了和解。此前大量登载左翼作家论争文章的《太白》在第2卷第8期（1935年7月5日）的显著位置刊登了由文学社、太白社、芒种社、论语社等十七个文学社团和148位个人共同签署的《我们对于文化运动的意见》，该意见站在反帝爱国立场上，反对复古运动，批驳"读经救国论"。第11、12期上有为林语堂《大荒集》作的广告，这些都是两派和解的表现。

小品文论争是左翼作家阵营与自由主义作家阵营的交锋和对话，这场论争没有失败者，论争双方都在这个过程中得以发展，这在现代文学史上并不多见。在论争中，左翼彰显了责任担当意识以及对同路人的团结和争取，论语派则在维护文学自由立场的同时，也接受了左翼的某些观点，进一步关心时政，对南京国民政府的不合理之处也时有尖锐的批评。总之，小品文论争推动了左翼文学和论语派的发展，开创了文学场良性竞争的范式。

左联时期，左翼作家还与"自由人""第三种人"就文艺创作的自由问题进

---

❶ 康嗣群. 创刊释名 [J]. 文饭小品，1935（1）.

❷ 难知. 十竹斋的小摆设 [J]. 文饭小品，1935（5）.

❸ 周作人. 长之文学论文集跋 [M]. 周作人. 止庵，校订. 苦茶随笔. 石家庄：河北教育出版社，2002：68.

❹ 周作人. 关于写文章 [M] // 钟叔河. 周作人文类编·本色. 长沙：湖南文艺出版社，1998：233.

行过论争。此次论争由自称"自由人"的胡秋原发起，胡秋原发表文章，认为文学应该是自由的、民主的，表达对民族主义文学的反对，以及对部分左翼作家的批评。胡秋原文学自由论与左翼作家的文学工具论相冲突，左翼作家对胡秋原观点进行批评，双方的论争由此发生。在此期间，自称"第三种人"的苏汶发表文章支持胡秋原，引来左翼作家的批评，左翼作家与"第三种人"的论争由此发生。针对胡秋原等人的观点，左翼作家发表了多篇论文，主要有：瞿秋白的《文艺的自由与文学家的不自由》《请脱弃"五四"的衣衫》《自由文学理论检讨》，冯雪峰的《"阿狗文艺"论者的丑脸谱》《并非浪费的论争》，周扬的《自由人文学理论检讨》。左翼作家针对苏汶的论争文章主要有：鲁迅的《论"第三种人"》《又论"第三种人"》《脸谱臆测》，周扬的《到底是谁不要真理，不要文艺》等。通过这些文章，左翼作家对文学与政治的关系、文学与时代的关系、文学的阶级性等问题进行阐释，深化了对左翼文学理论的认识。

左翼作家在种种文学论争中充分运用左翼文学理论，并有效地发展了左翼文学理论。随着文学论争的展开，左翼的文学理论变得更加丰富，而左翼作家对理论的自信也在不断增强。从这个意义上说，论争对于左联和左翼文学的发展起到了很好的推动作用。

除了与其他文学流派展开论争，左联内部也对左翼文学的某些不良倾向进行了纠正。瞿秋白、郑伯奇、茅盾、钱杏邨以及华汉本人对华汉的小说《地泉》的批评就是一个很好的例子。《地泉》是由《深入》《转换》《复兴》这三部中篇小说连缀而成的长篇小说，于1930年10月初版，1932年7月由上海湖风书局重版。重版时，华汉邀请瞿秋白等几位左翼作家为这本书撰写批评文章，将这些文章作为这本书的序言。瞿秋白的文章名为《革命的浪漫谛克——〈地泉〉序》，郑伯奇的文章名为《〈地泉〉序》，茅盾的为《〈地泉〉读后感》，钱杏邨的为《〈地泉〉序》，华汉自己写了《〈地泉〉重版自序》。五篇序言肯定了《地泉》作为左翼文学作品所取得的成绩和所产生的良好影响,也严厉地批评了这部小说的"革命浪漫蒂克倾向"。所谓"革命浪漫蒂克",指的是左翼文学创作中的公式化与概念化弊病。《地泉》在以概念化的方式将现实理想化方面表现得特别明显。五位作家对《地泉》的这一弊病作了清算,并且指出,革命的浪漫蒂克不是个别现象,而是1928—1930年大多数左翼文学的一般倾向,今后应以唯物辩证法的创作方法对这种倾向进行纠偏。五位左翼作家所开出的药方不一定有效,不久之后这种药方也遭到其他左翼作家的否定。但是,这种自我批评对于左翼文学的发展具有重要意义,它表明左翼作家能够正视自身的问题,也意味着左翼文学正在变得强大和自信。

左联时期,左翼阵营内部还对钱杏邨的文学批评进行了批评。1932年2月,"自由人"胡秋原发表《钱杏邨理论之清算与民族文学理论之批评》一文,批评钱杏邨的文学批评。胡秋原认为,是一个最庸俗的观念论者,他误读误用了普列汉诺夫等人的文学理论。针对胡秋原的批评,冯雪峰、瞿秋白等左翼作家进行了反批评。冯雪峰等人维护了钱杏邨的文学须为政治服务等观点,但也批评了钱杏邨文学的"不正确"之处。瞿秋白指出,"钱杏邨的错误并不在于他提出文艺的政治化,而在于他实际上取消了文艺,放弃了文艺的特殊工具"。❶这种内部批评在一定程度上澄清了前一阶段的左翼文学轻视艺术性的偏颇。

鲁迅也对左翼文学提出了许多建设性意见。例如,他在《上海文艺之一瞥》中,对此前的革命文学论争中左翼作家的不妥之处作了总结,着重指出两点:一是左翼作家机械地运用苏联文艺界的某些说法和做法,而没有认真分析和考虑这些方法是否适用于中国社会;二是有些左翼作家常常摆出一种极左倾的凶恶面貌,使人将革命理解为非常可怕的事,从而遮蔽了革命的本质,即"革

---

❶ 易嘉. 文艺的自由和文学家的不自由 [J]. 现代, 1932, 1（6）.

命并非教人死而是教人活的"。❶鲁迅的这番话指可谓一针见血。部分左翼作家确实曾经存在教条主义和过度左倾的问题，在鲁迅发表此文之际，这些问题并没有得到根本的矫正，因此，鲁迅的总结对左翼作家能够起到警示作用。又如，鲁迅对当时部分左翼文学作品的粗鄙文风提出了批评。1932 年 12 月，鲁迅在《文学月报》发表给该刊编辑周扬的公开信——《辱骂和恐吓决不是战斗》，对该刊第 4 期发表的诗歌《汉奸的供状》提出批评。鲁迅指出，这首诗的开头拿描写对象的姓氏来开玩笑，结尾则写上许多骂语，诗中还有"剖西瓜"之类的恐吓，这样的辱骂和恐吓决不是战斗。他直言对这首诗很失望，希望此后的《文学月报》上不再有那样的作品。❷周扬在文后加了几句按语，表示诚恳接受鲁迅的批评和指导。当时不少青年左翼作者在创作诗歌、小说时习惯使用粗鄙的谩骂之词，使作品显得肤浅而低俗，鲁迅的公开信对这种现象起到了纠偏作用，也帮助左翼作家理解了什么是文艺上的真正战斗。

与 1928 年、1929 年相比，左联时期的文论建设无论是在内容上还是在方式上都更具理性，这是左翼文学自我发展的结果，也与左联吸收和团结了许多理论视野开阔、文学修养深厚的作家有关。文学理论上的建树给左翼文学创作带来有益启示，推动左翼文学走向成熟。

第三节　左联时期的左翼文学创作

左联时期，左翼作家人数众多，左翼文学创作取得佳绩，左翼的小说、杂文、诗歌、戏剧都非常繁盛。总体上看，左联时期的左翼文学作品以反抗压迫、

❶ 鲁迅. 上海文艺之一瞥——八月十二日在社会科学研究会讲 [M] // 鲁迅全集（第 4 卷）. 北京：人民文学出版社，2005：304.

❷ 鲁迅. 辱骂和恐吓决不是战斗 [M] // 鲁迅全集（第 4 卷）. 北京：人民文学出版社，2005：464-466.

追求光明为主题，以现实主义为主要创作原则和方法，较好地融合了思想性和艺术性，是 20 世纪 30 年代文学的重要收获。

一、左联时期的小说创作

小说是左联时期左翼文学"收获最丰的部门"。●其时涌现出许多优秀的左翼小说作者，如茅盾、沙汀、叶紫、丁玲、萧军、萧红等，他们的作品在题材、主题、创作手法上各具特色，以现实笔触描写社会则是这些作品的共同之处。

茅盾在 20 世纪 20 年代已经开始小说创作，左联时期，茅盾迎来自己小说创作的高峰期，既收获了堪称 20 世纪 30 年代扛鼎之作的长篇小说《子夜》，也创作了被称为"农村三部曲"的短篇小说《春蚕》《秋收》《残冬》，以及描写小商业者悲剧命运的《林家铺子》。这些作品开创了左翼小说的新范式：运用一定的社会科学理论（主要是马克思主义理论）来观照和分析社会现实，在此基础上提炼小说主题，塑造典型的社会历史环境中的典型形象，力图以小说反映宏阔的社会生活，表现社会发展的规律。沙汀、叶紫等左翼青年作家受这种范式的影响，在小说创作上向茅盾学习，由此形成社会剖析派小说。

《子夜》出版于 1933 年 2 月，它是茅盾的代表作，也是 20 世纪 30 年代中国最优秀的长篇小说之一。《子夜》出版数天后，鲁迅就向友人介绍这部小说，并指出《子夜》是压迫及反对左翼文学者"所不能及的"。●瞿秋白高度评价《子夜》："这是中国第一部写实主义的成功的长篇小说""一九三三年在将来的文学史

● 杨义. 中国现代小说史（二）[M]. 北京：人民文学出版社，1981：234.

● 鲁迅. 致曹靖华 [M] // 鲁迅全集（第 12 卷）. 北京：人民文学出版社，2005：368.

上，没有疑问的要记录《子夜》的出版"。❶《子夜》有着宏大的叙事框架。在《子夜》的《后记》中说，他本打算将农村的经济情形、都市生活、小市镇居民的意识形态、1930 年的"新儒林外史"都纳入作品中，大规模地描写中国社会现象，但因身体健康原因，最终小说偏重都市生活。❷从内容来看，《子夜》尽管未能实现茅盾最初的规划，但其所描写的社会面仍然十分广阔。《子夜》描写了 20 世纪 30 年代上海复杂的阶级关系，其中包括民族资产阶级、买办资产阶级、金融资产阶级之间的斗法，也包括资本家和工人之间的尖锐矛盾，也有黄色工会内部的互相倾轧；《子夜》还描写了农村经济的凋敝和农民的痛苦生活，以及农民对地主阶级的反抗；此外，《子夜》还涉及了小城镇商业不振的现象。整部小说以现实主义的写法精准地表现了 20 世纪 30 年代中国社会各阶级（阶层）的生存状态，揭示了现代中国复杂的社会关系和尖锐的社会矛盾，同时，还以文学的方式参与当时颇为热闹的中国社会性质论战，证明当时的中国社会依然是半封建半殖民地的性质。❸

《子夜》以吴荪甫这一主要人物贯串起小说的主要情节。吴荪甫是作者着力塑造的典型环境中的典型人物，是 20 世纪 30 年代民族资本家的典型。作者将吴荪甫置于 20 世纪 30 年代中国错综复杂的社会关系中，对其性格、心理、行为和命运进行透视。吴荪甫接受了西方现代教育，在精神上与西方资产阶级十分接近。他有着发展民族工业的雄心和魄力，也有着现代管理的知识与能力，但是，他身上也有着民族资本家常有的弱点，那就是在家庭和企业管理中的封建家长作风，以及骨子里的自私、贪婪和软弱。他是半殖民地半封建的中国社会与西方文明相结合的产儿，也是帝国主义经济侵略下的牺牲品。茅盾令人信

---

❶ 瞿秋白.《子夜》和国货年 [M] // 瞿秋白文集·文学编（第 2 卷）. 北京：人民文学出版社，1986：71.

❷ 茅盾. 再来补充几句 [M] // 子夜. 南京：江苏凤凰文艺出版社，2018：425.

❸ 茅盾. 再来补充几句 [M] // 子夜. 南京：江苏凤凰文艺出版社，2018：425-426.

服地证明，吴荪甫这样的民族资本家为中国经济注入了极大的活力，但是，因为自身的弱点和中国社会性质的限制，吴荪甫注定无法成为拯救中国经济的英雄，最终只能走向破产和没落，只有中国共产党及其所领导的工人阶级才是真正的革命力量（当然，小说中对这一点没有展开）。

《春蚕》是描写农村"丰收成灾"的著名小说。小说中的故事发生在 20 世纪 30 年代的江南农村。农民老通宝全家和整个村庄费尽辛劳饲养春蚕，终于获得了蚕茧的丰收。然而，在地主阶级和资本家的盘剥和南京国民政府的压榨下，再加上帝国主义国家的武力入侵和经济冲击，农民们上好的茧子卖不出好价钱。春蚕的丰收反而导致全村农民欠下新债。《秋收》《残冬》仍然注目于这些贫苦无告的农民，描写了他们在不同季节所遭受的相同苦难，也描写了他们自发的反抗。

沙汀、叶紫都是青年左翼作家，他们描写农村阶级压迫和农民斗争的小说大多是社会剖析小说。沙汀在这个时期写了多篇反映四川农村生活的小说，如《代理县长》《凶手》《在祠堂里》等。这些小说有的讽刺基层官吏的贪鄙，有的揭露基层官吏对农民的压榨，有的描写城乡社会底层人的悲惨生活，表达了对农村腐朽的权力关系的批判和对劳动人民的同情。叶紫此期的代表作是短篇小说集《丰收》。此集收有六个短篇，分别是《丰收》《火》《电网外》《乡导》《夜哨线》和《杨七公公过年》。其中，小说《丰收》描写农民受到的重重压迫，以及农民的觉醒和反抗。故事围绕老农民云普叔和儿子立秋之间的观念冲突展开。云普叔最初固守庄稼人的"本分"，希望通过辛勤劳作和老实交粮来改善经济状况。立秋则坚信，农民想要过上好日子，唯有勇敢地反抗那些剥削人压迫人的势力。在"丰收成灾"的事实面前，云普叔逐渐理解并认同了立秋的斗争思想。

茅盾等社会剖析派小说家以社会科学理论观照生活，发现的是现代中国社会的破败、底层人的苦难、阶级的尖锐对立、经济制度的不合理、抗争的必要性和必然性，由此昭示社会发展的方向，表达革命斗争的思想。在写作手法上，常常以写实的态度直面社会的矛盾和苦难，呈现出沉重而庄严的风格。

丁玲是左翼女作家中的佼佼者。她的成名作是发表于 1928 年的《莎菲女士的日记》。当时丁玲还是自由主义作家，这篇日记体小说写的是以莎菲为代表的青年对个性解放的追求和成长过程中的迷茫。不久之后，丁玲开始转向左翼文学创作。发表于 1930 年的《韦护》和《一九三〇年春上海》之一、之二是"革命加恋爱"式的作品，是丁玲小说主题由个性解放转向社会解放的标志。发表于 1931 年的小说《水》是一个非常独特的小说文本。《水》以 1931 年中国十六省水灾为背景，描绘了农民的悲惨境遇和最终的反抗。《水》以速写的方式描写群体行动，主题鲜明，文笔有力，在当时的左翼阵营颇受赞誉。

萧军、萧红属于东北作家群。东北作家群是指"九一八"事变后从东北流亡到关内的文学青年，他们的作品反映了处于沦陷区东北人民的惨苦生活，表达了对日本侵略者的仇恨和对故土的怀念，主要作家有萧军、萧红、舒群、端木蕻良、骆宾基等，其中"二萧"的文学成就最高。萧军的《八月的乡村》描写"九一八"事变后东北人民在共产党领导下英勇抗日的故事，以雄健的笔力再现了东北抗日军民的血性。萧红的《生死场》描写"九一八"事变前后东北农民的"死"与"生"：事变前，他们在贫苦无告的生活里苦苦挣扎，糊涂地活着，又糊涂地死去；事变后，面对穷凶极恶的日本人侵略者，王婆、李青山、二里半等人坚定地走上了反抗的道路，要以无畏的死为自己和乡亲们挣得生的希望。萧军、萧红和其他东北作家群成员将爱国怀乡的激情融入对东北人与事的回忆中，拓宽了左翼文学的表现领域。

总体上看，左联时期的左翼小说与之前的左翼小说有着明显的区别，作家们不再凭着想象与热情构建"革命加恋爱"的浪漫故事，而是以理性的眼光和现实的笔触分析社会，再现生活的复杂与时世的艰难，唱响抗争、爱国、救亡的时代主旋律，彰显革命的勇气和力量。这样的作品显得沉着厚重，代表着左翼小说的成熟。

二、左联时期的杂文创作

杂文在针砭时弊方面有着其他文体无法比拟的便利。鲁迅在批评 20 世纪 30 年代流行的幽默性灵小品文时，呼吁大家写作"战斗"的小品文。● 鲁迅所说的"战斗"的小品文其实就是杂文。左联期间，大部分左翼作家都写过这种"战斗的"杂文，其中影响最大的是鲁迅，其他比较突出的杂文作家还有瞿秋白、冯雪峰、唐弢、徐懋庸等。左翼杂文内容丰富，文笔犀利，篇幅短小，字里行间充满批判精神，极具时代特征和左翼特色。

鲁迅是中国现代最杰出的杂文家，鲁迅从踏上文坛起即开始了杂文创作，左联时期鲁迅的杂文发展到一个新阶段。这个时期，他在《萌芽月刊》《论语》《太白》《文学》《芒种》《申报·自由谈》等多种报刊中发表了大量杂文，出版了《二心集》《南腔北调集》《伪自由书》《准风月谈》《花边文学》《且介亭杂文》等多部杂文集。鲁迅对自己左联期间的杂文创作成绩是颇为满意的。在《且介亭杂文二集·后记》中，鲁迅写道："今天我自己查勘了一下：我从在《新青年》上写《随感录》起，到写这集子里的最末一篇止，共历十八年，单是杂感，约有八十万字。后九年中的所写，比前九年多两倍；而这后九年中，近三年所写的字数，等于前六年。"● 鲁迅所说的"近三年"，指的是左联期间的 1933—1935 年。这几年也正是南京国民政府严厉压迫言论、进步作家动辄得咎的时段。由此可见，鲁迅确实善于利用杂文这种"匕首""投枪"进行韧性的

● 鲁迅. 小品文的危机 [M] // 鲁迅全集（第 4 卷）. 北京：人民文学出版社，2005：592.

● 鲁迅. 后记 [M] // 鲁迅全集（第 6 卷）. 北京：人民文学出版社，2005：466.

战斗。左联期间，鲁迅的杂文不仅数量多，在质量上也达到了新的境界，形成了成熟而稳定的个人化风格。

鲁迅左联时期的杂文思想内容丰富复杂，主要内容有以下三个方面：一是对时事政治的批评，二是对中国人思想观念的论析，三是对文学现象的评析。

鲁迅的《"友邦惊诧"论》《黑暗中国的文艺界的现状》《学生与玉佛》等都是批评时政的文章。《"友邦惊诧"论》揭露和批判南京国民政府对内残害人民、对外不敢抵抗的残暴而虚弱的本质，以及帝国主义妄图瓜分中国的阴谋。作者对国民党当局和所谓友邦人士横眉怒对，直言指斥，全文洋溢着革命精神和凛然正气。《黑暗中国的文艺界的现状》是鲁迅应美国《新群众》杂志要求而写的。文章向世界揭露南京国民政府残酷镇压左翼文学、杀害左翼作家的罪行，并对南京国民政府"用刀的'更好的文艺'"表示轻蔑。《学生与玉佛》截取两段《申报》新闻"立此存照"，再赋诗一首以为评价。两段新闻其一是对南京国民政府将玉佛等古董从北平运往南京之事的报道，其二是对国民党教育部通电禁止北平大学生在榆关失守之际逃难之事的报道；诗歌则辛辣地讽刺了南京国民政府的重物轻人和虚伪无能。鲁迅杂文中的时政批评实际上就是作者一贯以来坚持的社会批评。当然，在左联时期，鲁迅对社会的批评比20世纪20年代更加直接、更加尖锐，这也是鲁迅履行左翼作家职责的一种方式。

鲁迅一直非常重视文明批评。在20世纪20年代，鲁迅的文明批评重在立人，左联时期，鲁迅的文明批评依然延续了这种思路和功能，因为在鲁迅看来，立人是一项长期的艰苦的工作。在《世故三昧》中，鲁迅指出，中国人老于世故，对于社会上的不平和冤抑，只要事不关己，就不论是非，甚至不闻不问。在《谣言世家》中，鲁迅批评中国人以爱谣言杀人的恶劣心性。在《名人和名言》中，鲁迅批评中国人对名人的盲目崇拜，并告诫读者，不要将名人的话和名人混为一谈。

　　鲁迅有多篇杂文是评析文学现象的。鲁迅作为现代文学大家，对于文学问题有着敏锐的感知、持久的兴趣和深刻的见解，常常以杂文介入文坛上的大多数事件。鲁迅对民族主义文学、第三种人、小品文论争、"京派"与"海派"论争、文坛登龙术等文坛现象或事件都发表过意见。有时为了将某个问题阐述清楚，鲁迅会持续关注、反复论析。鲁迅对"小品文论争"是如此，对"京派"与"海派"之争是如此，对"文人相轻"的问题也是如此。鲁迅的《"文人相轻"》本是针对林语堂而作。1935 年 1 月，林语堂在《论语》杂志发表《做文与做人》一文，将当时各派之间的文学论争说成"文人相轻"。鲁迅在《"文人相轻"》中批评了林语堂的这种"和稀泥"的做法，指出严正的文学批评和文学论争是非常必要的，否则就容易混淆是非。❶此后的四个月中，鲁迅写下六篇相关杂文，层层深入地剖析"文人相轻"的问题，或批评当前文坛上"以其所短，轻人所短""以其所短，轻人所长"之行为；❷或提醒作家要有明确的是非观念和战斗精神，要以热烈的憎向"异己"者进攻，还要以热烈的憎向"死的说教者"抗争。❸

　　鲁迅说自己的杂文"论时事不留面子"，❹鲁迅杂文无论是社会批评、文明批评还是文学批评，往往切中要害，一针见血。这样的杂文体现了鲁迅强烈的批判精神和深厚的社会关怀，至今依然闪烁着思想的光芒。

　　瞿秋白、唐弢、徐懋庸等人的杂文深受鲁迅影响，与鲁迅杂文风格类似。瞿秋白在左联时期发表了数十篇杂文。这些杂文或批判南京国民政府的反动统治，如《世纪末的悲哀》，或揭露帝国主义者对中国的无耻掠夺，如《流氓尼德》，或批评不同文学流派的论敌，如《红萝卜》。唐弢是在左联时期崭露头角的青年

---

❶ 鲁迅. "文人相轻" [M] // 鲁迅全集（第 9 卷）. 北京：人民文学出版社，2005：308-309.

❷ 鲁迅. 再论"文人相轻" [M] // 鲁迅全集（第 9 卷）. 北京：人民文学出版社，2005：347.

❸ 鲁迅. 七论"文人相轻"——两伤 [M] // 鲁迅全集（第 9 卷）. 北京：人民文学出版社，2005：419.

❹ 鲁迅. 前记 [M] // 鲁迅全集（第 5 卷）. 北京：人民文学出版社，2005：4.

作家，此期他写了一百多篇杂文，结集为《推背集》《海天集》。唐弢的杂文善于针砭时弊，其杂文较重审美性，有时富含情味。徐懋庸左联时期的杂文集有《不惊人集》《打杂集》，他的《〈艺术论〉质疑》《青年的心》《过年》等杂文在针砭时弊方面较具深度，其杂文风格较为朴实直率，鲁迅曾怀着提携后进的热情为他的《打杂集》作序。

左翼杂文在艺术上也有许多创新之处。鲁迅杂文已经达到炉火纯青的境界，文意深刻老辣，语言洗练传神，真正做到了嬉笑怒骂皆成文章。其艺术特点主要有：第一，以类型化手法塑造杂文形象。鲁迅说自己"砭瘤弊常取类型"，●他常常运用类型化手法塑造种种杂文形象，如"洋场恶少""革命工头""奴隶总管""西崽""'丧家的''资本家的乏走狗'"，等等，以概括和象征中国人的性格。第二，以深沉的感情组织篇章。鲁迅将杂文创作比作"悲喜时节的歌哭"，指出写杂文是"借此来释愤抒情"，●鲁迅创作杂文时笔端常带感情。这些感情或悲伤，或愤怒，或同情，或期盼，它们是组织鲁迅杂文的线索，它们熔铸成鲁迅杂文的灵魂，使鲁迅的杂文成为不朽的艺术品。如《为了忘却的记念》，这篇文章饱含对左联五烈士的怀念和痛惜，充满对残害革命青年的南京国民政府的愤怒和痛恨，洋溢着对革命终将胜利的信念，深沉而浓烈的感情与清明的理性融为一体，具有动人心魄的力量。其他左翼杂文家因为多学鲁迅，他们的杂文也多有以上特点，只不过在艺术性上比鲁迅的稍逊一筹。

左联时期左翼杂文的兴盛，与鲁迅的提倡和示范有关，也与杂文这一文体的特征和功能有关。鲁迅指出，杂文并非所谓的高尚文学，美国的"文学概论"或中国大学的讲义中没有杂文这一名称，但是，杂文和社会生活贴近，言之有物，生动泼辣，于大家有益，而且也能移人情，因而"前进的杂文作者"喜

● 鲁迅. 前记 [M] // 鲁迅全集（第5卷）. 北京：人民文学出版社，2005：4.

● 鲁迅. 小引 [M] // 鲁迅全集（第3卷）. 北京：人民文学出版社，2005：195.

欢选择这种文体。鲁迅还预言，杂文恐怕要侵入高尚的文学楼台去。❶确实，经过鲁迅和其他左翼作家的努力，杂文在左联时期大放异彩，以深刻的思想和独特的形式成为文苑中的一朵奇葩。

三、左联时期的诗歌创作

诗歌是中国左翼文学的重要组成部分。在左翼文学的萌芽期，蒋光慈就以诗集《新梦》展现了左翼文学的魅力。此后数年间，郭沫若、殷夫等诗人的革命诗歌创作为左翼诗坛增添了活力。不过，左联成立之前，左翼诗歌创作显得较为单薄。左联时期，左翼诗人明显增加。诗人们在政治的风暴中发现艺术，寻找诗情，完成了革命与诗歌的联姻。左联时期的诗歌继承了前一阶段的左翼诗歌艺术，同时有着新时期的鲜明特色。与前一阶段相比，左联时期诗歌与政治关联更加紧密，诗歌视野更加开阔，诗歌的现实主义特色更加鲜明。

左联时期非常重视左翼诗歌创作。1930年4月，普罗诗社在上海成立，成员多为工人和学生。其成立宣言中有这样的话语："我们——普罗列塔利亚——的队伍正向着万恶的资本主义社会进攻！我们要从资产阶级手里夺取政权，我们要从资产阶级手里夺取生产机关！我们更要把这些实际的斗争和我们阶级的意识反映到艺术上去，摧毁资产阶级的艺术！""艺术的革命已开始了。当然，决不是限于一部分的，但是诗歌也是艺术的中心部分之一，我们的普罗诗社就负了这个任务，来完成这一部分的工作。"❷左联时期，在左翼诗歌创作方面做出突出成绩的是殷夫、白薇和中国诗歌会诗人群，艾青的诗歌也呈现出浓厚的左翼色彩。

殷夫是左翼诗人中影响极大的一位。他擅长写作政治抒情诗，他的诗或者

---

❶ 鲁迅. 徐懋庸作《打杂集》序 [M] // 鲁迅全集（第6卷）. 北京：人民文学出版社，2005：300-302.

❷ 陈瘦竹. 左翼文学运动史料 [M]. 南京：南京大学学报编辑部，1980：33-34.

歌颂不屈的革命意志，或者抒发战斗的豪情，或者批判黑暗的社会。他在《五一歌》中写道："我们过的是非人的生活，唯有斗争才解得锁链，把沉重的镣枷打在地上，把卑鄙的欺骗扯得粉碎，我们要用血用肉用铁斗争到底，我们要把敌人杀得干净，……不建立我们自己的政权，我们相信，我们相信，永难翻身！"●这首诗的抒情主人公是代表整个无产阶级的"我们"，这是殷夫诗歌的一贯写法，也是左翼诗歌的常用手法。诗歌爱憎分明，既写出了对斗争的信仰，对"建立我们自己的政权"的向往，也毫不掩饰对敌人的愤恨和蔑视。殷夫的诗歌充分表达了时代情绪，引起了广泛的共鸣。

白薇的《火信》是一首富有特色的诗歌。诗中写道："新时代的创造正用这些如钢似铁的脚手，愈贫穷愈悲惨的奴隶意识的非意识终有反抗的时候！""我们不管恐怖的火信有怎样猖猛猖狂，我们要用愤怒的火团结的力勇敢的血和它抵抗！"●铿锵有力的长句中蕴含着排山倒海的力量，将对日本侵略者的愤恨和坚决抵抗侵略者的勇气表达得淋漓尽致。

中国诗歌会 1932 年 9 月成立于上海，是左联领导下的群众性诗歌社团，发起人有蒲风、任钧、穆木天、杨骚等，会员将近一百人，包括田间、王亚平、芦荻、杜谈、辛劳、袁勃、曼晴、温流、雷石榆、黄宁婴等左翼诗人。中国诗歌会的宗旨是"研究诗歌理论，制作诗歌作品，介绍和努力于诗歌的大众化"。●中国诗歌会的会刊是《新诗歌》，创办于 1933 年 2 月，初为旬刊，后改为半月刊，1934 年 6 月改为月刊，出版了"歌谣专号""创作专号"和"翻译专号"三个专号后停刊。1936 年春，中国诗歌会随着"左联"的解散而解散。

中国诗歌会诗人群关注时代重大事件，其作品常常表现底层民众所经受的

● 殷夫. 五一歌 [J]. 前哨，1931，1（1）.

❷ 白薇. 火信 [J]. 北斗，1932，2（3，4，合刊）.

❸ 陈瘦竹. 左翼文学运动史料 [M]. 南京：南京大学学报编辑部，1980：206.

苦难和无产阶级的斗争精神，如杨骚的《乡曲》表现农村的破产和农民的反抗意识；蒲风的《茫茫夜》批判了统治阶级对农民的压迫，塑造了革命战士的英雄形象；田间的诗集《中国牧歌》表达了对农村的热爱，反映了农村的苦难和农民的抗争。

艾青此期创作了他的成名作《大堰河——我的保姆》，这是艾青为贫苦农妇大堰河写的"赞美诗"，也是艾青给予"这不公道的世界的咒语"。艾青将深沉的爱献给多灾多难的土地和人民，在写出弱小者的生活之苦时，矛头所指的是不公平不合理的社会制度。这正是左翼诗歌的典型样态。

左联时期的左翼诗歌在内容上几乎都与政治密切相关，左翼诗歌的主要内容是表现民族矛盾、社会矛盾、抗日救亡、阶级斗争，诗人们关注甚至参与了中国社会的政治生活和革命斗争，在政治中激发诗情，并以直抒胸臆的方式和大众化的语言表达这种诗情。我们在阅读这些诗歌时，仿佛能够听到诗人们有力的呐喊，仿佛能够看到诗人们坚毅的面容。与前一阶段相比，左联时期的诗歌在写作艺术上也有所进步。中国诗歌会诗人群的诗作题材上较为广泛，农村与都市、阶级斗争与抗日救亡都进入了诗人的视野，中国诗歌会还注意向民歌学习，诗歌风格显得通俗、刚健，并富有音乐性。艾青更是展露了惊人的诗歌才华。尽管这个阶段的左翼诗歌还不成熟，但正如鲁迅所言，这些诗歌"有别一种意义在""一切所谓圆熟简练，静穆幽远之作，都无须来作比方，因为这诗属于别一世界"。❶

四、左联时期的戏剧创作

在小说、杂文、诗歌之外，左翼戏剧也有了重要的收获。左联时期，左翼

---

❶ 鲁迅. 白莽作《孩儿塔》序 [M] // 鲁迅全集（第6卷）. 北京：人民文学出版社，2005：512.

戏剧家积极开展"无产阶级戏剧"活动，创作、演出了大量左翼戏剧。其中，洪深的《五奎桥》《香稻米》《青龙潭》，田汉的《回春之曲》等戏剧内涵丰富，特色鲜明，是左联时期左翼戏剧中的"重头戏"。

洪深是左联盟员，他在20世纪20年代成名，是著名的导演和戏剧家。20世纪30年代，洪深加入左联。他在这一阶段的代表作是合称"农村三部曲"的《五奎桥》《香稻米》《青龙潭》，其中，《五奎桥》是洪深的代表作。《五奎桥》以戏剧的形式表现农民与封建地主阶级的斗争，这在中国现代文学史上尚属首次。《五奎桥》是独幕剧，主要讲述农民为抗旱而与地主周乡绅作斗争的故事。故事发生在江南某水乡。当地有一座五奎桥，是望族周乡绅家所建，周家将其看成自家荣耀与势力的象征。当年该地大旱，为了救活庄稼，农民从镇上租来洋龙船抽水。五奎桥桥洞太窄，洋龙船无法通过。农民们要求拆桥，周乡绅不同意。周乡绅有钱有势，他所雇佣的长工、所邀请的道士、地方法院的官员王老爷都成为他的帮手。以李全生为首的农民奋起抗争，几经周折，农民说服了王老爷，感动了长工，战胜了周乡绅，动手拆掉了五奎桥。这部戏剧艺术地反映了农民和地主阶级不可调和的矛盾，写出了农民的英勇抗争，并以五奎桥的被拆象征了农民阶级的胜利。整部戏剧表现了农民的革命要求和强大力量，洋溢着乐观主义精神。

田汉是左联发起人之一。田汉是创造社元老，20世纪20年代以《苏州夜话》《名优之死》等剧作蜚声文坛。《回春之曲》是田汉左联时期的代表作。这是一部"革命加恋爱"式的浪漫主义作品。华侨青年高维汉是该剧的主人公。"九一八"事变后，民众抗日情绪高涨，身在南洋的高维汉心怀民族危亡，毅然离开恋人梅娘，回到祖国参加抗日义勇军。后来，高维汉在战斗中受伤，失去记忆。梅娘得知后，毫不犹豫地来到中国，悉心照顾他，为他唱起哀婉动人的情歌。三年之后，高维汉恢复了记忆。这时的高维汉依然不改抗日初心，他与梅娘的爱情也得到圆满。爱国激情、革命勇气、异域情调，加上生死不渝的爱情，使这部戏剧充满传奇色彩。

左联的成立推动了左翼文学的发展，不过，左联在运作方式和人事关系处理方式上、文学活动上也存在一定问题。左联存在政党运作的特征，经常要求盟员参加游行示威、飞行集会、散发传单等活动，这些要求影响了盟员参加左翼文学活动的积极性。左联内部在处理人事关系上也存在问题，开除郁达夫事件是著名的例子。郁达夫是最早提倡左翼文学的作家之一，后来积极参加左联，列名左联发起人名单，并且参加了左联成立大会。此后也积极进行左翼文学创作，他的部分左翼作品被南京国民政府当局查禁，他本人也遭到政府的通缉。然而，左联以郁达夫与徐志摩说过"我是作家，不是战士"之类的话而开除了他。❶左联还存在宗派主义、关门主义等倾向，如周扬、徐懋庸等人排挤胡风，徐懋庸对进步作家巴金、黄源等人无端地进行言语攻击等。周扬、徐懋庸等人对作为左联盟主的鲁迅也有许多不尊重的行为。❷周扬、徐懋庸都在左联担任领导职务，他们排挤、打击与自己有分歧的盟员或其他进步作家的行为削弱了左翼文学的力量，也损害了左联的声誉。这一时期的左翼文学也存在不少问题，如机械照搬国外文论，部分作品质木无文，在与多个文学流派论争时表现出宗派主义倾向，等等。尽管左联存在缺点，但这些缺点无法掩盖左翼文学的光芒。左联存续了六年。在这六年中，左翼作家依托这个社团积极团结成员，开展活动，在左翼文学理论建设和文学创作上都有了长足的发展，左翼文学也因此成为20世纪30年代的文学主潮。

---

❶ 郑伯奇. 左联回忆散记 [J]. 新文学史料，1982（1）：16.

❷ 鲁迅. 答徐懋庸并关于抗日统一战线问题 [M] // 鲁迅全集（第6卷）. 北京：人民文学出版社，2005：546-555.

第六章

战争环境下左翼文学的发展与嬗变

左联解散后，左翼文学思潮与运动仍在向前发展。1937 年 7 月 7 日，中国的全民族抗日战争正式发动。抗日战争胜利不久，持续数年的全国内战开始发动，直至中华人民共和国成立前夕才结束。从 1937—1949 年，炮火硝烟笼罩着中国大地，也影响着文学的走向。抗战初期，文艺界共纾国难，提出"文章下乡，文章入伍"的口号，各流派文学家团结在抗战的旗帜下，在很大程度上消隐了流派色彩，左翼作家也不例外。许多左翼作家收敛了批判锋芒，消失或隐藏了作品的阶级特色。随着战争的持续展开，与抗战有关的社会问题不断发生或暴露，不少左翼作家的左翼特色又逐渐显明。有论者在研究 20 世纪 40 年代的左翼文学时，对左翼作家的身份作了如下限定：首先，在文学观念上具有左翼特征，即主张以文学同一切不合理的社会现象进行斗争，主张文学在社会历史发展过程中具有积极作用；其次，在政治立场上具有左翼特征，即站在普通大众一边，认同并支持大众的革命行为；最后，在组织上与中共保持较为密切的关系。并据此认定 20 世纪 40 年代解放区作家及国统区的沙汀、艾芜、张天翼、胡风等人为"左翼作家"或"左翼批评家"。❶ 我们认同这样的左翼作家身份认定，基本上按照这样的标准分析 20 世纪 40 年代的左翼文学发展情况。

第一节 左翼文学的延续和发展

20 世纪 40 年代，左翼文学继续发展。抗日战争爆发后，中国在政治上划分为国统区、解放区、上海"孤岛"、沦陷区等区域。左翼文学在解放区、国统区和上海"孤岛"得到进一步发展，并因不同区域的不同政治形态而呈现出各

---

❶ 余荣虎. "乡土文学"是如何消失的？——论 20 世纪 40 年代左翼文坛对"乡土文学"的再选择 [J].
  文史哲，2010（3）：159.

自的特征。这个阶段的左翼文学作品众体皆备，小说、戏剧、诗歌、杂文等尤其引人注目。这些作品大多以战争和阶级斗争为内容，在写法上则因地域不同而呈现出较大差异。解放区左翼作家所写的革命故事、抒发的革命情感最为单纯，充满革命乐观主义情绪，随着毛泽东《在延安文艺座谈会上的讲话》（以下简称《讲话》）的发表和延安整风运动的开展，不少作家的作品在创作风格上变得明朗、单纯。国统区的左翼作家则写了不少暴露或讽刺战争中的黑暗的作品，如张天翼、沙汀、艾芜等。七月派作家更注重于将作者的主观战斗精神融入作品中，在战争主题下积极向人物的内心深处开掘。无论是解放区作家还是国统区作家，都注意在小说中展示阶级矛盾和无产阶级的积极面貌。

一、解放区左翼文学创作情况

在中国现代史上，解放区是一个专用名词，指中华人民共和国成立以前，中国共产党领导下的、从国民党反动统治和日伪统治下解放出来的、建立人民政权的地区。20世纪40年代，规模较大的解放区有陕甘宁、晋察冀、东北、华北、华东等。其中，地处陕甘宁边区的延安是解放区文学的中心，因而，不少论者将解放区文学命名为延安文学。解放区实行新民主主义制度，这是中国历史上前所未有的人民当家作主的地区，其政治风貌和文化面貌焕然一新，文学也得到明显的发展。在解放区，文艺活动非常活跃。一方面，民间文艺得到极大发展，普通百姓喜欢以民歌和曲艺等形式表达个人的喜怒哀乐和解放区的新面貌；另一方面，作家们在传承左翼文学精神的同时学习民间文艺的内容和表现形式。对民间文艺资源的学习和借鉴使解放区的左翼文学呈现出新的色彩。

解放区的左翼作家由两部分构成，一部分是解放区本土作家，如赵树理、孙犁等人，一部分是抗日战争爆发前后从全国各地来到解放区的，如丁玲、艾青、萧军、何其芳等人。本土作家多是出生、成长于农村，在延安以外的革命根据地从事实际的革命工作，在这个过程中有了文学创作的需要，由此成为作家。他们熟悉农村的生活，对农民有着深厚的情感。他们大多没接受正规的高等教育，较少接触古典文学和西方文学，他们的文学资源多是来源于五四文学和民间文学。在毛泽东《讲话》发表之后，又自觉接受《讲话》的指导，写出符合解放区需要的、为人民大众喜闻乐见的作品。

外来作家多数是左翼作家。左翼作家将解放区看成是实现革命理想和文学理想的圣地，通过各种途径来到陕北解放区。部分左翼作家参加了红军长征，和红军一起到达延安，如成仿吾、李一氓、陆定一、吴亮平等。部分作家原本在上海、北平、重庆、成都等地进行文学和革命活动，1936年后陆续奔赴解放区，如丁玲、汪仑、周扬、李初梨、艾青、周立波、艾思奇、萧军等。除了这些20世纪30年代的左翼作家，原本属于自由主义阵营的作家如何其芳等人，也在抗战的烽火中逐渐改变文学观念和文学风格，他们在时代的召唤下来到延安，成为解放区左翼作家的一部分。外来左翼作家是解放区文学的主力。据统计，高峰时期的延安文艺界有数千人，其中大都是左翼文艺工作者。参加延安文艺座谈会的人员有84%是来自左翼文艺界，其中人数最多、影响最大的还是左翼作家。❶

这些左翼作家到达解放区后，走过了一段曲折的文学道路。他们的文学道路可以分为三个阶段。第一阶段，刚到延安时，外来作家感到兴奋和激动，他们眼中所见、笔下所写多是解放区的自由民主生活、阶级斗争、民族斗争，作品风格明朗而单纯。第二阶段，初步熟悉解放区之后，外来作家们开始以之前

---

❶ 王锡荣. 延安文学与左翼文学 [J]. 华夏文化论坛，2022（27）：34.

养成的文化品位和思考方式打量延安，发现了农村的闭塞与落后，发现了农民的保守和迷信，也发现了部分干部的官僚主义和其他缺点。他们对这些缺陷进行批评和反思。丁玲的小说《在医院中》、杂文《三八节有感》，艾青的杂文《了解作家，尊重作家》，王实味的杂文《野百合花》《政治家·艺术家》，萧军的杂文《论同志之"爱"与"耐"》，罗烽的杂文《还是杂文的时代》等作品都树立了知识分子的正面形象，批评了延安生活中的阴暗面或不合理之处。这些作品凸显了外来左翼作家与解放区之间的不协调，引起了中国共产党领导人的关注和重视，外来左翼作家也成为延安整风运动的主要改造对象。1942年5月举行的延安文艺座谈会，主要是针对外来左翼作家创作中的问题进行讨论和批评。第三阶段，经过改造的外来左翼作家开始逐渐走上了新的创作道路。他们重新思考文学与政治的关系，努力适应解放区的意识形态，尽可能采用老百姓能读懂、能接受的方式写作，他们的创作逐渐适应了解放区这个特殊时空，形成了独特的个性。大致而言，《讲话》之后，绝大多数外来作家作品以工农兵为主人公，歌颂解放区的优点和光明面，而且收敛了批判的锋芒，几乎不再暴露解放区工农兵以及中共干部的缺点。在艺术表现上，作家们多向民间文学学习，追求明白晓畅的语言风格。他们的作品逐渐受到解放区人民的欢迎。

解放区的左翼文学就在这两部分作家的共同努力下走向繁荣。文学报刊和文学作品的大量涌现是解放区左翼文学繁荣的标志。解放区著名的文学报刊有周扬主编的《文艺战线》，萧军、丁玲等主编的《文艺月报》，中华全国文艺界抗敌协会延安分会的会刊《谷雨》等，中共机关报《解放日报》上也发表过多篇左翼文学作品和文学评论。解放区作家进行了多种文体的创作。成绩最大的是小说，解放区本土作家赵树理的小说有《小二黑结婚》《李有才板话》《孟祥英翻身》《邪不压正》等，孙犁的小说作品有《丈夫》《荷花淀》《芦花荡》等。丁玲在整风运动之后，调整了小说创作的方向，完成了著名的长篇小说《太阳照在桑干河上》，周立波根据自己在东北参加土地改革的所见所闻，创作了长篇小说《暴风骤雨》。这两部小说先后获得斯大林文学奖。小说之外，解放区的诗歌创作也颇有收获，李季和阮章竞学习民歌的形式，分别创作了叙事长诗《王贵与李香香》与《漳河水》，艾青创作了叙事长诗《雪里钻》《吴满有》。此外，解放区的歌剧、话剧创作也有不错的收获，贺敬之、丁毅等执笔的歌剧《白毛女》是解放区左翼戏剧的代表。

解放区左翼文学以中国共产党领导的土地革命、抗日战争、解放战争、生产劳动为主要内容，以解放了的农民、士兵和革命干部为主要形象，以社会主义现实主义为主要创作手法，不但与 20 世纪 30 年代的左翼文学有明显区别，和同时的国统区左翼文学也有所不同。还需要指出的是，解放区左翼文学被纳入边区政府主导的文学生产体制中，在功能和审美特征上更加政治化。尽管解放区文学与之前及同一时代的左翼文学有许多不同之处，但它仍然属于左翼文学，因为它坚守着左翼文学一贯的批判性和革命性立场，坚守着无产阶级或社会底层代言人的身份。诚如论者所说，"左翼文学在延安经历了脱胎换骨的历程""但是，不管走到哪里，不管走得多远，地位如何变化，有一点是不变的：他们永远是左翼"。●

二、国统区的左翼文学创作

20 世纪 40 年代，国统区左翼文学经历了较为曲折的发展过程。抗战开始之后的一年中，多数国统区左翼作家以抗日救亡为己任，怀着报效祖国的热情和对抗战胜利的信心，创作了许多通俗易懂的宣传抗战的作品，左翼色彩隐退。在抗日战争进入相持阶段以后，由于政治、文化环境的改变，加上受解放区左翼文学及毛泽东《讲话》的影响，国统区左翼文学得到快速发展。

● 王锡荣. 延安文学与左翼文学 [J]. 华夏文化论坛，2022（27）：40-41.

1938 年 10 月，武汉失守，全国抗日战争进入战略相持阶段。在这个阶段，国土不断沦陷，军民大量伤亡，南京国民政府虽然坚持抗日，但也暴露出消极无能的一面。抗战的艰难和各种社会弊病，激发了左翼作家的革命精神和批判意识，他们在鼓吹革命的同时，对种种不合理的社会现象进行理性批判，他们作品重新显现出左翼特征，即革命性和批判性。直到中华人民共和国成立前夕，国统区的左翼文学始终存在，左翼作家在表现战争这一时代主题的同时描写种种阶级关系和革命情景，表达对革命的思考和追求。

解放区左翼文学作品及毛泽东《讲话》在国统区的传播也促进了国统区左翼文学的发展。20 世纪 40 年代，国统区和解放区的文学活动有着较深的联系。部分国统区左翼作家有过解放区工作和生活经历。例如，茅盾 1940 年 4 月至 10 月居留延安，沙汀 1938 年至 1940 年居留延安。这些作家非常了解延安的左翼文学创作情况，他们回到国统区之后，积极传播解放区文学。还有部分解放区作家受中共的派遣前往国统区传播解放区文学。例如，何其芳在 1944 年至 1947 年，两次被派到重庆从事左翼文化工作，担任中共四川省委委员、宣传部副部长，《新华日报》社副社长等职。在他们的努力下，赵树理的《小二黑结婚》，贺敬之等的《白毛女》，李季的《王贵与李香香》等解放区优秀左翼文学作品在国统区得到广泛传播，这些解放区文学作品给国统区左翼作家带来极大启发。《讲话》是中共文艺政策的具体表述，对国统区左翼文学的影响尤其明显。1944 年 1 月 1 日，中共在国统区公开发行的机关报《新华日报》摘要发表了《讲话》的主要内容，不久又转载了周扬等人阐释《讲话》的文章。《讲话》单行本也很快以《文艺问题》为名在国统区出版。1944 年 5 月，何其芳和刘白羽到达重庆后，以多种形式向国统区文艺工作者传达《讲话》精神。这些传播推动了国统区左翼作家对《讲话》的学习和应用。茅盾、郭沫若、冯乃超等左翼作家纷纷发表文章、召开座谈会，表达对《讲话》的高度认同，并对《讲话》

进行阐释。郭沫若这样阐释《讲话》提出的文艺服务于工农兵、作家要向人民学习的观点："人民是文艺的真正主人，真正的老师。今后我们的新文艺，就需要把人民作为老师，作为主人。为人民大众彻底服务，向人民大众学习一切，要和人民大众保持密切的关系。"❶ 郭沫若可谓抓住了《讲话》的精髓，也表达了对《讲话》的深刻认同和热烈拥护。不只是郭沫若，大多数国统区左翼作家对《讲话》都是认同的，尽管各人对《讲话》的内涵有着自己的理解。在大力宣传和认真学习之下，《讲话》逐渐成为国统区左翼作家文学创作和批评的重要指南。沙汀后来回忆说："一九四四年冬天，正当贵阳吃紧的时候，因为工作关系，我去重庆住了一个时期。这中间，我第一次读到了毛主席的《在延安文艺座谈会上的讲话》，也听到了一些已经学习过这本伟大著作的同志对《淘金记》和《困兽记》的意见，使我有机会认真考虑了一些创作上的重大问题。"❷《讲话》对国统区左翼文学的影响由此可见一斑。

国统区左翼作家主要有茅盾、郭沫若、沙汀、张天翼、聂绀弩、夏衍，以及以胡风为盟主的七月派作家。

20 世纪 40 年代，茅盾先后在香港、广州、武汉、新疆、重庆、上海等地进行文化和文学活动，期间他还在延安和苏联逗留过一段时间。茅盾担任过中华全国文艺界抗敌协会理事、文化工作委员会常委等职务，主编过《文艺阵地》《立报·言林》《大众生活》《笔谈》《小说月刊》《文汇报·文艺周刊》等报刊，发表了长篇小说《腐蚀》《霜叶红似二月花》，剧本《清明前后》，散文《风景谈》《白杨礼赞》等。茅盾这个时期的作品或批判国民党特务统治制度，或表现资本家、地主对农民的残酷压迫，或揭露国统区的达官显贵投机倒把、营私舞弊

---

❶ 郭沫若. 文艺的新旧内容和形式 [M] // 郭沫若全集·文学编（第 16 卷）. 北京：人民文学出版社，1989：286.

❷ 沙汀.《还乡记》后记 [M] // 沙汀文集（第 7 卷），成都：四川文艺出版社，2017：50.

的罪行，或赞美革命根据地积极向上的精神风貌，或歌颂中国人民的革命意志，左翼色彩非常鲜明。

郭沫若在抗战全面爆发后结束了在日本的流亡生活，于1937年7月回到祖国。郭沫若回国后立即投入抗战活动中。郭沫若先后在上海、香港、广州、武汉、重庆等地进行政治和文化活动，先后担任国民政府军委会政治部第三厅厅长、文化工作委员会主任等职务，并任中华全国文艺界抗敌协会理事。郭沫若20世纪40年代一直坚持左翼文学立场，创作了《棠棣之花》《屈原》《虎符》《高渐离》《孔雀胆》《南冠草》等历史剧，通过"借古讽今"的方式表达抗日救亡的要求，歌颂中国人民的革命精神，批判南京国民政府的腐败和不抵抗政策。

沙汀1938年秋与何其芳、卞之琳一起前往延安，在延安逗留了数月，之后随同贺龙前往河北，1940年到达重庆，1941年回到故乡四川安县。沙汀的代表作都写于这个20世纪40年代，主要有短篇小说《在其香居茶馆里》《堪察加小景》《范老老师》，长篇小说《淘金记》《困兽记》《还乡记》等。他的不少作品暴露了国统区地主官绅的丑陋面目，或表现人民争民主、反内战的反抗斗争，富有时代实感。张天翼20世纪40年代辗转于上海、武汉、湖南等地，担任过《救亡日报》编委、《观察日报》副刊编辑、中华全国文艺界抗敌协会理事。短篇小说《华威先生》《谭九先生的工作》《"新生"》是张天翼这个时期的代表作。这些作品暴露了国统区抗日运动的阴暗面，或者描写国民党政客妄图"包办抗日"、实际"包而不办"的可鄙嘴脸，或者表现旧式知识分子在抗日工作上的自私自利和虚弱无力，充满讽刺的力量和批判的锋芒。夏衍在20世纪40年代非常高产，创作了小说《春寒》，杂文随笔集《此时此地集》，剧本《法西斯细菌》《心防》《一年间》等，冯雪峰、聂绀弩等则以杂文写作为主，冯雪峰出版了杂文集《有进无退》《乡风与市风》等，聂绀弩出版了杂文集《蛇与塔》《血书》等。

以胡风为领袖的七月派因《七月》杂志而得名，主要成员有丘东平、路翎、艾青、田间、舒芜、鲁藜、绿原等。除了艾青等少数作家外，七月派成员 20 世纪 40 年代大多生活和工作于国统区，他们的作品多写抗日救亡、解放斗争等重大题材，擅长表现人物的"精神奴役的创伤"和艰难的精神成长。七月派的作品，无论是小说还是诗歌，都充满革命的激情，拥有独特的艺术个性，是左翼文学的特殊样式。

三、上海"孤岛"时期的左翼文学创作

1937 年 11 月，上海沦陷。自上海沦陷起至 1941 年 12 月太平洋战争爆发前，上海的公共租界的大部分区域和法租界未曾被日军占领，但其周边的华界全部沦陷，租界形似孤岛，这特殊的 4 年被称为上海"孤岛"时期。留在租界的左翼作家利用"孤岛"的特殊政治文化环境进行创作，接续了 20 世纪 30 年代上海左翼文学的血脉。

上海"孤岛"时期的左翼文学以杂文和戏剧为主。唐弢、钱杏邨、王任叔、周木斋、柯灵等是上海"孤岛"时期的著名左翼杂文作家。他们大多在 20 世纪 30 年代加入左翼阵营，此时他们聚集在《鲁迅风》和《文汇报》副刊《世纪风》等报刊周围，撰写了大量呼吁抗日、针砭时弊的杂文。

《鲁迅风》是一份以杂文为主的期刊，创办于 1939 年 1 月 11 日，共出版 19 期，创办人为许广平、王任叔、金性尧（文载道）等。这份杂志以学习和传承鲁迅的革命现实主义战斗杂文为宗旨，杂志《发刊词》中有这样的话语："生在斗争的时代，是无法逃避斗争的。探取鲁迅先生使用武器的秘奥，使用我们可能使用的武器，袭击当前的大敌；说我们这刊物有些用意，那便是唯一的用意了。"❶ 前期《鲁迅风》贯彻了斗争的宗旨，发表了大量笔锋犀利、充满战斗

---

❶ 佚名. 发刊词 [J]. 鲁迅风，1939（1）.

性的杂文，如巴人的《一个反响——关于〈关于"无关抗战的文字"〉》，辨微（周木斋）《游击战的杂感》，唐弢的《鲁迅的杂感》等。《鲁迅风》最初为周刊，从第14期起变为半月刊。成为半月刊之后，《鲁迅风》上登载的作品从以杂文为主到杂文、诗歌、散文、小说兼收并蓄，不过，直至终刊，《鲁迅风》都是"孤岛"左翼杂文的一面旗帜。《文汇报》副刊《世纪风》创办于1938年2月11日，于1939年5月18日停刊，柯灵担任主编。抗战胜利后复刊。王任叔、钱杏邨、金性尧、孔另境、郑振铎、秦似、聂绀弩、刘白羽等左翼作家都在其上发表过杂文。这些杂文以宣传抗日和社会批评为主，在"孤岛"产生了较大影响。

上海"孤岛"时期的左翼戏剧创作也非常活跃。"孤岛"戏剧作家主要有于伶、欧阳予倩、钱杏邨等。1937年12月，于伶、欧阳予倩、钱杏邨等人组织成立了青鸟剧社。1938年7月，于伶等组织成立上海剧艺社。于伶、钱杏邨曾经都是左联盟员，欧阳予倩曾加入中国左翼戏剧家联盟。他们在"孤岛"积极撰写剧本，导演戏剧，演出的重要剧目有反映上海现实生活的《夜上海》《不夜城》《花溅泪》，表现抗敌救国主题的历史剧《忠王李秀成》《桃花扇》《碧血花》等。

于伶在"孤岛"期间创作甚勤，先后完成了《夜上海》《血洒晴空——飞将军阎海文》《满城风雨》《大明英烈传》等二十多部剧作。其中，《夜上海》是于伶此期的代表作。剧本以梅岭春一家在沪战爆发后的活动为线索，表现上海社会各阶层生活情状和人民的抗日热情。钱杏邨此期创作了多部历史剧，以表现南明历史的《碧血花》《海国英雄》《杨娥传》最为有名。这些作品以南明历史隐喻日本侵略下的中国现实，借以身报国的葛嫩娘、郑成功、杨娥等形象激励人民的抗日意志，是借古讽今的名篇。

上海"孤岛"时期的左翼杂文和左翼戏剧都以抗日救国为核心主题。作家们生活在"孤岛"这样一个特殊时空，面对"孤岛"四周虎视眈眈的日本侵略者，他们对国土沦陷的感受来得格外真切，对抗日救国的要求也变得格外迫切。他们的作品，无论是描写现实还是反思历史，都富有现实针对性，展露出批判的锋芒。1941 年 12 月，太平洋战争爆发，上海全面沦陷，部分左翼作家前往解放区或国统区，部分左翼作家在上海潜伏下来，明面上的左翼文学活动被迫停止。抗日战争胜利后，茅盾、郭沫若、华汉等众多左翼作家重回上海，他们和沦陷时期居留上海的左翼作家一起努力，使上海的左翼文学重获生机。

第二节　左翼文艺理论的新高度

20 世纪 40 年代，左翼文论家和作家依然非常重视左翼文论建设。与之前相比，这个时期的左翼文论建设不再以输入国外马克思主义文论为主，而是根据中国革命和文学发展的需要进行马克思主义文论的中国化。在这种理论追求的背景下，左翼文论家和作家对文学的性质与功能、文艺大众化、文学的民族形式、文学与战争的关系等问题进行了重新思考。20 世纪 40 年代，毛泽东、胡风、冯雪峰、周扬、茅盾、邵荃麟、艾思奇、舒芜等在左翼文论建设方面都有斩获，其中最突出的是毛泽东和胡风。两位理论家都建构了独具特色的左翼文论体系，代表了左翼文论的新高度。不过，他们的理论各有侧重点，且存在观念上的分歧。

一、毛泽东对左翼文论的建构与创新

20 世纪 40 年代，毛泽东作为中国共产党的最高领导者领导解放区左翼文学并参与左翼文论建设。毛泽东在多篇文章和多种场合谈及文学问题，专门论述

左翼文学艺术问题的则是《在延安文艺座谈会上的讲话》（以下简称《讲话》）。1942 年 5 月，中共中央在延安召开文艺工作座谈会，毛泽东在会上发表讲话。讲话包括 1942 年 5 月 2 日所作引言和 5 月 23 日所作结论两部分。1943 年 10 月 19 日，《解放日报》全文发表《讲话》，此后，《讲话》迅速在解放区和国统区左翼作家中传播。《讲话》对 20 世纪 40 年代左翼文学的发展产生了重大影响。

《讲话》的引言部分主要指出左翼文学在中国人民解放斗争中的重要地位，总结左翼文学已经取得的成绩，提出当前应该解决的问题，即文艺工作者的立场问题，态度问题，工作对象问题，工作问题和学习问题。毛泽东对这几个问题作了明确的回答。对于文艺工作者的立场问题，毛泽东指出，革命文艺工作者要站在无产阶级和人民大众的立场，其中的共产党员作家要站在党的立场，站在党性和党的政策的立场。对于创作态度问题，毛泽东指出，歌颂还是暴露要根据所表现的对象来确定，对于敌人要暴露他们的残暴和欺骗，对于同盟者要灵活地联合和批评，对自己人应该赞扬，自己人如果有缺点，要教育他们，却不可讥笑，更不能敌视。对于工作对象问题，毛泽东指出，国统区的革命文艺作品主要是写给学生、职员、店员看，在解放区则是写给工农兵及革命干部看。对于工作问题，毛泽东指出，文艺工作者首先要熟悉和热爱自己的工作对象，即工农兵和革命干部，了解他们的可贵之处，同时还要认真学习群众的语言，培养对于群众的感情。对于学习问题，毛泽东指出，革命作家要虚心学习马克思列宁主义，要研究社会上的各个阶级，这样才能保证文艺拥有丰富的内容和正确的方向。

《讲话》的结论部分主要阐述了以下五个问题：第一，文艺为什么人服务？第二，文艺如何服务？第三，党的文艺工作和党的整个工作的关系，以及党的文艺工作和非党的文艺工作的关系；第四，文艺批评问题；第五，文艺界的整风问题。五个问题中，第一、第二个问题是《讲话》的中心问题，极大地影响了当时和以后的左翼文学创作，第四个问题不是《讲话》论述的中心，但同样对左翼文学发挥了重大影响。

针对"文艺为什么人服务"的问题，毛泽东指出，文艺要为人民大众、也就是工农兵及城市小资产阶级劳动群众和知识分子服务。毛泽东指出，不少知识分子理论上是知道应为工农兵服务，但他们的"灵魂深处还是一个小资产阶级知识分子的王国"，还在坚持个人主义，他们不可能真正做到为工农兵服务。文艺工作者只有彻底地改造自己，把立足点移到无产阶级这方面来，才能创作真正的无产阶级文艺。❶针对"文艺如何服务"的问题，毛泽东指出，文艺为工农兵服务时要处理好普及和提高的关系。应重视普及，在普及的基础上提高。要做好普及和提高，就要从工农兵出发，向工农兵学习，与工农兵结合。在谈到如何为工农兵服务的问题时，毛泽东还指出，文学艺术是以人类的社会生活为唯一源泉的，但是文艺作品中反映出来的生活"却可以而且应该比普通的实际生活更高，更强烈，更有集中性，更典型，更理想，因此就更带普遍性。革命的文艺，应当根据实际生活创造出各种各样的人物来，帮助群众推动历史的前进"。❷针对"文艺批评"问题，毛泽东指出，文艺是从属于政治的，革命文艺是整个革命事业不可缺少的一部分，是齿轮和螺丝钉。文艺批评有两个标准，一个是政治标准，一个是艺术标准，政治标准应放在第一位，艺术标准应放在第二位，既要反对政治观点错误的艺术品，也反对只有正确的政治观点而没有艺术力量的所谓"标语口号式"的倾向。❸

《讲话》是左翼文论的重要收获。毛泽东作为伟大的政治家，从实际革命的需要来看待和谈论文艺问题，形成非常稳定且全面的理论体系。这个理论体

---

❶ 毛泽东. 在延安文艺座谈会上的讲话 [M] // 毛泽东选集（第3卷）. 北京：人民出版社，1991：857-858.

❷ 毛泽东. 在延安文艺座谈会上的讲话 [M] // 毛泽东选集（第3卷）. 北京：人民出版社，1991：861-862.

❸ 毛泽东. 在延安文艺座谈会上的讲话 [M] // 毛泽东选集（第3卷）. 北京：人民出版社，1991：868-870.

系展现了马克思主义辩证法和实事求是的态度，语言通俗易懂，论证雄辩滔滔，具有很强的感染力和说服力。这个体系不完全是针对作家的，但作家和作品是其中最重要的研究对象。这个体系的核心是作家论和创作论，前者对左翼作家的身份，作家的写作立场、态度和方法作了规定，后者对左翼作品的性质、功能、创作方法、评价标准作了界定。其中所提出的问题和所给出的结论回答了长期以来左翼作家不断争论的一些重要问题，不但解决和深化了这些问题，而且体现了理论上的创新。

例如，对于左翼文学为什么人服务的问题，毛泽东明确指出，文艺首先是为工农兵服务，其次才是为小资产阶级和知识分子服务。❶这个观点解决了长期困惑左翼作家的创作动机和效果不相符的问题。此前，不少左翼作家的写作动机是为无产阶级革命斗争服务，然而实际上写出来的作品却充满小资产阶级情绪，蒋光慈在《太阳月刊》的停刊号中所说的"中国目前还没有比较完成的无产阶级文学"主要也是指这种现象。毛泽东的观点无疑能够廓清左翼作家心中的迷雾，帮助他们实现创作动机和作品效果的统一。此外，"工农兵"这一提法将以前很少专门提及的"兵"与左翼文学一贯重视的"工农"并列，呼应了战争时代对文学的新要求。又如，对于文学与政治关系的问题，毛泽东认为，"文艺是从属于政治的""革命文艺是整个革命事业的一部分，是齿轮和螺丝钉"。❷这个观点是对此前左翼作家所坚持的"文学是宣传"这一观点的肯定。不过，针对不少左翼作家不重视艺术性的问题，毛泽东阐明了艺术性的重要性，明确提出，"缺乏艺术性的艺术品，无论政治上怎样进步，也是没有力量的"，他也不赞同文学创作中"标语口号式"的倾向。❸这也对左翼文论起到了很好的纠

---

❶ 毛泽东. 在延安文艺座谈会上的讲话 [M] // 毛泽东选集（第3卷），北京：人民出版社，1991：855-856.

❷ 毛泽东. 在延安文艺座谈会上的讲话 [M] // 毛泽东选集（第3卷）. 北京：人民出版社，1991：866.

❸ 毛泽东. 在延安文艺座谈会上的讲话 [M] // 毛泽东选集（第3卷）. 北京：人民出版社，1991：870.

偏作用。此外，毛泽东还提出应批判地继承传统文学遗产，应以生活作为创作的源泉。●尽管这个观点不是毛泽东的原创，但毛泽东的提出起到了一锤定音的作用。

《讲话》不仅回答和解决了左翼文学发展中亟须解决的问题，其本身还是毛泽东所提倡的"中国作风和中国气派"的范本。《讲话》是马克思主义中国化的重要成果。毛泽东创造性地运用马克思主义理论来分析和解决中国左翼文学中的典型问题，其中所体现的坚定的马克思主义思想，精妙的辩证法，实事求是精神和理论联系实际作风，能够对作家的世界观和方法论产生极为有益启示。需要指出的是，《讲话》中的部分内容是专门针对特定环境下的特定问题的，但由于种种原因，在后来很长的一段时期内，《讲话》成为中国作家和批评家唯一的理论参照，而且部分作家和批评家运用《讲话》指导文学时没有做到毛泽东所说的"从实际出发"，以至于产生偏误，这就是另外的问题了。

二、胡风对左翼文论的丰富与提升

胡风是著名的左翼文论家和作家。他曾担任左联行政书记和宣传部部长。20 世纪 30 年代，胡风就表现出深厚的理论功底，通过作家论、作品论、文学论争等方式参与左联时期的左翼文学建设，对于大众语、民族形式、文学遗产、现实主义创作原则等左联比较关注的理论问题都发表过看法。20 世纪 40 年代，胡风更加勤奋地进行文论建构，出版了理论著作《剑·文艺·人民》《论民族形式问题》《在混乱里面》《论现实主义的路》等。20 世纪 40 年代，胡风关注的理论问题非常广泛，其中研究最多、最有特色的是现实主义问题，如他晚年所说，"从我开始评论工作以来，我追求的中心问题是现实主义（社会主义现

● 毛泽东. 在延安文艺座谈会上的讲话 [M] // 毛泽东选集（第 3 卷）. 北京：人民出版社，1991：860.

实主义）的原则、实践道路和发展过程"。❶胡风对现实主义的建构始于 20 世纪 30 年代。胡风在发表于 1935 年的《张天翼论》一文中指出，"艺术活动底最高目标是把捉人底真实，创造综合的典型。这需要在作家本人和现实生活的肉搏过程中才可以达到，需要作家本人用真实的爱憎去看进生活底层才可以达到，如果只是带着素朴唯物主义观点在表面的社会现象中间随喜地遨游，我想，他的认识就很难深化，他的才能就很难发展的罢"。"和现实生活的肉搏""用真实的爱憎去看进生活底层"是胡风所坚持的创作原则，他以这个原则审视张天翼的小说，认为张天翼是以冰冷的旁观者的心境观照人生，他和他的人物之间隔着一个很远的距离，他的作品里面没有融入作者的热情。这样的冷情使作品显得虚伪。❷在 20 世纪 40 年代，胡风通过论争、作家作品评论、序跋、期刊编辑寄语、专题论文等方式进一步展开和完善了他的现实主义文论。

　　胡风一贯坚持左翼立场，他称自己的文论是"革命的现实主义"。❸胡风的现实主义文论是对左翼文论的发展，是左翼文论的一个重要的组成部分。胡风对现实主义的看法与毛泽东及一般左翼作家既有联系又有区别。胡风和其他左翼作家的现实主义文论都是以苏联的"社会主义现实主义"为内核，这是他们的共同点。不过，胡风的现实主义是在坚持社会主义现实主义的同时，将五四文学中的人道主义、启蒙精神、自省精神和左翼文学的革命精神互相融合，在此基础上发展起来的重体验的、充满情感张力的现实主义。胡风的现实主义文论主要涉及以下几个问题：现实主义的内涵、现实主义文学的目的、文学创作的方法。

---

❶ 胡风.《胡风评论集》后记 [M] // 胡风评论集（下）. 北京：人民文学出版社，1985：407.

❷ 胡风. 张天翼论 [M] // 胡风评论集（上）. 北京：人民文学出版社，1985：36-46.

❸ 胡风. 论现实主义的路 [M] // 胡风评论集（下）. 北京：人民文学出版社，1985：293.

　　胡风为现实主义重新作了界定。他说，作者的主观精神和客观真理相结合，赋予文学战斗的生命，这样的文学就是现实主义文学。他解释了"主观精神"和"现实"的内涵。胡风指出，作家的主观精神体现在，作家一方面要有为人生的真诚心愿，另一方面要有对现实人生的真知灼见，要有感受病态人民的不幸的胸怀，还要有献身的意志和仁爱的胸怀，不存一丝一毫自欺欺人的虚伪。❶胡风指出，现实主义文学的"现实"，在战争环境下表现为人民的觉醒和愿望。所谓觉醒，是指人民将战争所带来的痛苦压力转变为对于历史责任的领悟；所谓愿望，是指人民通过战争去减轻直至完全解除历史负担的愿望。这就是战争过程中真正的现实。这种能够反映生活中的进步趋势的现实，才是现实主义文学的现实。❷

　　关于文学创作的目的，胡风指出，现实主义是对国际革命文艺传统（高尔基的道路）和中国革命文艺传统（鲁迅的道路）的坚持和号召，现实主义的文艺含有社会斗争的实践作用，"担负着为新民主主义而斗争"的任务，反映人民的负担、潜力、觉醒和愿望，反映新民主主义的社会根源和发展前途。❸

　　关于文学创作的方法问题，胡风主要提出了熔炼创作材料的方法和塑造典型形象的方法。胡风认为，现实主义作家应以"主观战斗精神"熔炼创作材料。主观战斗精神这个概念是胡风的创造，指的是"作者在创作过程中对人物的爱爱仇仇的态度"。❹"主观战斗精神"这个概念强调作者的主体性在创作中的作用。在创作过程中，作家要凭着自身的战斗要求和对生活的热情、对

❶ 胡风. 现实主义在今天——应《时事新报》一九四四元旦增刊征文作 [M] // 胡风评论集（中）. 北京：人民文学出版社，1985：319-320.

❷ 胡风. 论现实主义的路 [M] // 胡风评论集（下）. 北京：人民文学出版社，1985：284.

❸ 胡风. 论现实主义的路 [M] // 胡风评论集（下）. 北京：人民文学出版社，1985：283-285.

❹ 胡风.《胡风评论集》后记 [M] // 胡风评论集（下）. 北京：人民文学出版社，1985：406.

人物的爱憎进入客观对象，和客观对象进行相生相克的精神搏斗，从而体验到客观对象的活的本质，加强或修改自己对客观对象的认识，最后把融入了作者战斗精神的"客观对象""变成自己的东西"。对这样的"客观对象"加以表现的过程就是文学创造的过程。❶

胡风认同恩格斯关于"典型环境里的典型人物"的提法。他指出，"革命文艺坚持了而且还要坚持着典型（活的人）的要求"。❷针对典型性格的塑造问题，胡风提出了"精神奴役的创伤"这一概念。胡风认为，文学作品要表现人民，"生活在以经济关系为基石的社会诸关系里面的人民"具有伟大的精神和健康的品格，然而，他们的"承受劳动重负的坚强和善良"是以封建主义所造成的"安命精神"为内容的。人民一方面拥有创造历史的解放要求，另一方面却又因安命精神而使解放的要求被禁锢在、麻痹在、闷死在"自在的"状态里面，这种禁锢、麻痹、闷死造成了人民"精神奴役的创伤"。塑造典型时，要正视和表现出这种"精神奴役的创伤"，通过这种方式寻求支配历史命运的潜在力量，开辟从创伤中解放潜在力量的道路，而不应将人民抽象化、理想化。❸

胡风的现实主义文论有着明确的针对性和对话性。他的现实主义文论主要针对左翼作家中存在的主观公式主义和客观主义文学思想。胡风将主观公式主义和客观主义看成"妨害了创作实践底成长的""两个顽强的倾向"，认为两种思想本质上都是反现实主义的。在他看来，主观公式主义脱离了现实，只是空喊口号，因而歪曲了现实，无法把握历史内容。客观主义是对现实的局部性和表面性的屈服，因而使现实虚伪化了，同样歪曲了现实。❹

---

❶ 胡风. 论现实主义的路 [M] // 胡风评论集（下）. 北京：人民文学出版社，1985：319-325.

❷ 胡风. 论现实主义的路 [M] // 胡风评论集（下）. 北京：人民文学出版社，1985：346.

❸ 胡风. 论现实主义的路 [M] // 胡风评论集（下）. 北京：人民文学出版社，1985：349-352.

❹ 胡风. 论现实主义的路 [M] // 胡风评论集（下）. 北京：人民文学出版社，1985：297-299.

胡风的现实主义文论与毛泽东的《讲话》构成对话关系。《讲话》对作家与生活结合、向人民学习、文学歌颂与暴露等问题都作了论述，提出了高度政治化的文学主张。胡风的现实主义文论也涉及这些问题。胡风对《讲话》作了不少称引，但对《讲话》的一些具体观点并不完全认同。他在同意作家与生活结合、向人民学习的同时，坚持作家的主体性和超越性；他在认可人民的坚强和善良的同时，指出人民精神上存在弱点——精神奴役的创伤，要求作家在表现人民的美德时也要表现这些弱点。胡风希望现实主义作家以深邃的思想、真诚的态度、热烈的感情去与生活作痛苦的搏斗，去表现人民的负担、觉醒、潜力和愿望，去发现生活的本质，进而把握历史发展的方向。

胡风在整个 20 世纪 40 年代始终真诚地、不倦地建构和应用包括现实主义在内的文论，尝试回答和解决左翼文学发展过程遇到的问题，这种努力值得肯定。胡风的现实主义是将马克思主义的革命思想与以鲁迅为代表的五四作家所确立的启蒙思想相结合的产物，尽管这个理论存在不足之处，但它丰富了中国左翼文论，提升了左翼文论的理论水平，纠正了左翼作家在理解和运用现实主义方面的某些偏颇，展现了理论创新的才华和勇气。"胡风的理论也可以看作是对新文学某种局限性的一次反思，一次还不很成熟但非常有价值的反思"。❶ 20 世纪 40 年代，胡风的理论在国统区作家中有着较大影响。作为《七月》和《希望》杂志的主编，胡风团结了路翎、绿原、牛汉等青年作家，这批作家服膺胡风的人格力量和文学理论，以富有思想深度和艺术特色的创作体现并支持了胡风的文论，为左翼文学开辟了新的疆域。

毛泽东和胡风从民间文艺或五四文学中择取文学资源，拓宽了左翼文论的领域，丰富了左翼文论的内涵，提升了左翼文论的高度。在他们之外，郭沫若、

---

❶ 钱理群，温儒敏，吴福辉. 中国现代文学三十年 [M]. 北京：北京大学出版社，1998：470.

茅盾、周扬、冯雪峰、邵荃麟等作家都在左翼文论的建设上取得了新的成绩。左翼作家的共同努力推动了 20 世纪 40 年代左翼文学的发展。

第三节　左翼文学的新样态

20 世纪 40 年代是一个充满血与火的战争时代。在这样的时代背景下，左翼文学也呈现出新样态，主要表现为：从内容上看，战争和革命成为左翼文学叙事抒情的中心；从主题上看，左翼文学主要表现战争、革命的残酷与国家、民族前途的光明；从表现形式上看，大众化成为左翼作家的共同追求，不过，在不同的区域和不同的作家作品中，文艺大众化的表现有着明显的差别。

一、以战争和革命为主要内容

20 世纪 40 年代的左翼文学题材广泛，战争、革命、饥荒、婚恋、人性等都被作家摄入笔端，其中，作为社会主要事件和社会重要状态的战争和革命成为左翼文学叙事与抒情的中心。

解放区文学是 20 世纪 40 年代左翼文学的典型样态。解放区作家很多都从事过实际的革命工作，部分作家还上过战场，他们对战争和革命十分熟悉，常常以此为创作题材。在《讲话》发表以后，解放区作家更是自觉地将描写战争和革命看成参与战争、支持革命的重要方式，因而大部分解放区的作品都涉及战争或革命。1948 年起，周扬主编的《中国人民文艺丛书》陆续出版。这套丛书选编了解放区代表性文艺作品 177 篇。据周扬统计，入选作品中写抗日战争、人民解放战争与人民军队的有 101 篇，写农村土地斗争及其他各种反封建斗争的有 41 篇。❶ 这套丛书直观地反映了解放区左翼文学对战争与革命题材的偏重。

赵树理的《小二黑结婚》《李有才板话》《李家庄的变迁》属于革命题材小说。赵树理将农村革命斗争置于抗日战争的背景下，写出了农民精神成长的过程。《小二黑结婚》主要写了农民小二黑、小芹与恶霸金旺、兴旺的斗争。故事发生在抗战时期的革命根据地山西的一个名叫刘家峧的村庄。小二黑是农民阶级进步力量的代表。他是村里的民兵队长，是在中国共产党领导下从事革命工作的新型农民。小二黑和小芹谈恋爱，遭到双方家长的反对，不过，两人恋爱的真正威胁是金旺和兴旺。金旺、兴旺是农村封建阶级的代表。金旺是刘家峧老村长的儿子，父子二人都是压迫农民的封建势力。金旺通过投机把持了村政权，其本家兄弟兴旺则是"帮虎吃食"的帮凶。金旺、兴旺二人品德败坏，手段恶劣。金旺调戏小芹碰了钉子，就召开斗争会批判小二黑和小芹，并把两人捆送区政府。最终，在中国共产党的干部——区长的干预下，金旺、兴旺被判刑，小二黑和小芹顺利结婚。小二黑、小芹与金旺、兴旺的斗争是农村两个阶级的斗争。作品描写了这两个阶级之间尖锐的阶级矛盾。金旺兄弟曾经与日本溃兵及土匪搅在一起，为祸乡里，后来也干了许多逼迫贫农上吊、霸占贫农产业的恶行。贫农都恨金旺兄弟，在区领导的帮助下，贫农勇敢地揭发他们的罪行，使他们得到了应有的惩罚。《李有才板话》同样聚焦抗战时期农村的阶级矛盾和阶级斗争。小说描写李有才等小字辈贫苦农民和以地主阎恒元为首的农村封建地主阶级之间的较量。故事发生在阎家山这个山西小村庄。阎家山的人按经济条件分为三种，第一种是贫农，他们中一半是外来开荒的，一半是贫苦的杂姓人家，他们住在东头老槐树下的土窑里，终年辛劳却缺衣少食；第二种

---

❶ 周扬. 新的人民的文艺 [M] // 周扬文集（第 1 卷）. 北京：人民文学出版社，1984：513.

是以阎恒元为首的恶霸地主，他们住在村西头的砖楼房里，干的都是贪污盗窃、营私舞弊的坏事，他们吃香喝辣，欺压百姓，尤其是不给老槐树底下的贫农活路；第三种是本地的老住户，他们住在村子中间，住的是平房。小说主要描写李有才带领村东头的贫农与西头的地主进行阶级斗争的故事。李有才等以"快板"为武器揭露阎恒元们的罪行，他们在县农会主席老杨同志的支持和帮助下，成立农救会，勇敢地和恶霸地主作斗争，最终斗倒了阎恒元等人。阎家山的农民终于能够当家作主。《李家庄的变迁》描写山西农村李家庄农民与封建地主之间尖锐的阶级斗争。木匠张铁锁一家深受以李如珍为首的封建地主阶级的欺压。为求活命，张铁锁背井离乡去做工。张铁锁历尽艰难后回到老家。"牺牲救国同盟会"特派员小常到李家庄发动群众参加抗日战争，张铁锁和其他贫苦农民在小常的带领下，推翻了地主阶级，成了新政权的主人和抗日的战士。

赵树理和他的作品与《讲话》精神高度契合。赵树理十分熟悉和了解农民，他在工作中自觉地与农民打成一片，积极地从人民的生活中发现美的事物，以之作为写作材料，同时又借着艺术加工使作品中的生活比实际生活更符合当时的中共土地政策和人们的想象，就像《讲话》所说，"比普通的实际生活更高，更强烈，更有集中性，更典型，更理想"。例如，赵树理以工作中所遇到的真实的爱情悲剧为素材来构思《小二黑结婚》，但给小说中的男女主人公安排了喜剧结局，这样的故事比实际生活更美好，更能体现中国共产党相关制度的优越性。作为中国共产党文艺政策发言人的周扬对赵树理的小说赞誉有加。周扬高度肯定了这三部小说。周扬指出，《小二黑结婚》是"讴歌农民对封建恶霸势力的胜利"；《李有才板话》"是一篇非常真实地，非常生动地描写农民斗争的作品，简直可以说是一个杰作"《李家庄的变迁》的主题，同样是写农民与豪绅地主之间的斗争，而且这个斗争范围更广，过程更长，因而也更激烈，更残酷"。❶周扬敏锐地发现了赵树理这几部小说的共同主题，那就是表现农村的阶级斗争，讴歌共产党领导下的农民的伟大革命力量。赵树理的小说因其自身的思想和艺术成就，以及与解放区文艺政策的高度契合性，被树立为20世纪40年代解放区左翼文学创作方向。

丁玲的《太阳照在桑干河上》和周立波的《暴风骤雨》这两部获得斯大林文学奖的长篇小说同样描写农村的阶级斗争。与赵树理上述小说不同的是，这两部小说中的阶级斗争是在解放战争的环境中进行的。《太阳照在桑干河上》描写的是解放战争期间发生在华北解放区一个叫暖水屯的村庄里的阶级斗争故事。在土改运动中，暖水屯的农民在中国共产党的领导下与钱文贵等凶残而狡猾的地主恶霸进行了坚持不懈的斗争，最终翻了身。他们打倒了地主，分得地主的田地和财产。在土改运动获得初步的胜利后，青壮年农民前往怀来县挖战壕，以打垮蒋介石领导的国民党军队，保卫土改的胜利果实。《暴风骤雨》描写土改期间发生在东北一个叫元茂屯的村庄里的阶级斗争。元茂屯的贫雇农与恶霸地主韩老六、杜善人等之间有着血海深仇，在萧祥为队长的土改工作队的帮助下，赵玉林、郭全海、老孙头等农民提高了思想觉悟，勇敢地和地主阶级作斗争，处决了韩老六，斗倒了杜善人，杀死了土匪头子韩老七。元茂屯发生了天翻地覆的变化，农民分到了房子、田地和牲口，过上了幸福生活。此后，郭全海和许多农民纷纷报名参军，留在村里的农民则积极参加生产劳动，大家都在为全中国的解放贡献力量。《太阳照在桑干河上》和《暴风骤雨》突出了中国共产党对农民革命的领导作用，写出了农村阶级斗争的复杂性和曲折性，表现了农民的坚强和勇敢。

---

❶ 周扬. 论赵树理的创作 [M] // 周扬文集（第 1 卷）. 北京：人民文学出版社，1984：487-489.

赵树理、丁玲、周立波等的小说揭示了战争背景下农村的阶级关系，描写了农村各阶级之间尖锐的矛盾，讴歌了农民阶级的成长和共产党领导下的农民革命斗争的胜利。

孙犁此期的小说以表现战争为主，他的代表作《荷花淀》《芦花荡》都是关于抗日战争的。孙犁以巧妙的结构和诗意的语言描写了解放区军民保家卫国、奋勇杀敌的英雄行为，歌颂了解放区军民的大无畏气概和乐观主义精神。七月派作家丘东平既是作家，也是新四军战士，最终以身殉国。他的短篇小说集《茅山下》艺术地再现了新四军在华中抗日敌后战场所进行的艰苦卓绝的斗争和所取得的伟大胜利。

小说之外，解放区的戏剧、诗歌等也以各自的形式表现革命和战争。贺敬之等人创作的歌剧《白毛女》主要表现农村革命。该剧主要内容为：晋察冀边区佃户杨白劳和女儿喜儿遭受恶霸地主黄世仁的残酷压迫，杨白劳被逼死，喜儿被逼得逃进深山。后来，八路军解放了喜儿的家乡，领导农民斗倒了黄世仁，又从深山中救出喜儿。这部剧作反映了旧中国农民与地主阶级的矛盾，表达了"旧社会把人逼成'鬼'，新社会把'鬼'变成人"的主题。李季的叙事长诗《王贵与李香香》描写了陕北"三边"地区农民闹革命的故事。诗歌围绕青年农民王贵与李香香的婚恋，揭露了地主崔二爷的凶残嘴脸，表现了农民对地主阶级的仇恨，赞美了革命农民的勇敢和坚强。

国统区和上海"孤岛"时期的左翼文学也多以阶级斗争和抗日战争、解放战争为背景或题材。张天翼的小说《华威先生》，沙汀的小说《在其香居茶馆里》都是以抗日战争作为背景，鞭挞抗战中丑恶的人与事。路翎的《财主底儿女们》描写知识分子在抗日战争的大时代里的苦闷和彷徨。夏衍的戏剧《法西斯细菌》描写了科学家俞实夫从专攻科学到积极参与抗日斗争的过程，揭露了日本侵略者的残暴和中国人的反抗精神。茅盾的散文《白杨礼赞》热情歌颂了中国军民不屈不挠的抗日意志。上海"孤岛"时期的杂文中有许多呼吁抗日的作品。

现实主义立场使 20 世纪 40 年代左翼文学写出战争与革命的曲折艰难，对理想的艺术生活的追求则使左翼文学洋溢着人民必胜的信念。解放区因为处于人民政权之下，作家对政权的态度是拥护，而非反抗，因而解放区左翼作家常常以乐观的态度和轻松的笔触书写战争和革命，他们的作品显得单纯而明朗。赵树理小说中的人物通常被划分为进步、反动、中间三种力量，进步力量以贫苦农民为代表，反动力量主要是地主、恶霸、混进人民队伍里的国民党右派势力、汉奸等，中间力量主要是落后的贫苦农民。赵树理小说中，进步力量一定会战胜反动力量，中间力量大多在现实斗争的教育下向进步力量转变，帮助进步力量取得胜利的关键人物则是共产党的干部。解放区的其他左翼作品与赵树理小说类似，多是讲述农民在中国共产党领导下翻身作主的故事，如《太阳照在桑干河上》《暴风骤雨》《白毛女》《王贵与李香香》等。这些作品彰显了解放区左翼文学的独特性，但相似的题材、主题和情节结构也影响了解放区左翼文学的独创性。与之相比，国统区和上海孤岛时期左翼文学中的战争和革命书写则复杂和沉重得多。在国统区和孤岛时期的左翼文学中，许多作品以暴露战争和革命中的现实问题为主，批判性较为强烈，如《华威先生》，上海孤岛时期的"鲁迅风"杂文等；部分作品借古讽今，而不是直接指向现实的战争和革命，显得含蓄隐晦，如夏衍、郭沫若等人的历史剧等；也有部分作品主要描写战争环境下的人生样态，表现人的"精神奴役的创伤"，如《财主底儿女们》。这些作品或呼吁抗战，或批评时政，或暴露战争中的丑陋，或歌颂革命中的英雄。尽管国统区和上海孤岛时期左翼文学中的战争和革命书写显得复杂而沉重，这些作品同样表达了对人民战争和革命必胜的信心。即使是那些色调驳杂的左翼文学作品，也预示了胜利的光明前景。例如，路翎的《财主底儿女们》中，主人公蒋纯祖追求革命却四处碰壁，最终病死。蒋纯祖的人生显得痛苦而悲怆，但是，在生命的最后时刻，蒋纯祖依然牵挂着中国的命运，他的内心依然涌动着斗争的热情，他为德国进攻苏联而愤怒，他希望自己能够凭着英雄的苏联人民的名义、凭着兄弟们的名义去向反动势力复仇。他听昔日的女友朗读斯大林的文告，想的是，即使苏联人民失败了，他和他的兄弟们也不能失败。尽管自己失败了，但相信祖国最终会胜利，这就是不断与社会、与自我肉搏的蒋纯祖的信念。从以上分析可以看出，这种乐观主义精神是灌注在整个20世纪40年代的左翼文学中的。

二、文学形式上的新与变

20世纪40年代的左翼文学在形式上明显体现出大众化的倾向。大众化问题在此前已经引起许多左翼作家的关注和讨论，但很少有左翼文学作品能够真正实现大众化。到了20世纪40年代，随着民族解放战争的推进，人民大众对文学的需求日益增加，大众化问题成为左翼文学发展中亟须解决的课题。解放区和国统区的左翼作家积极寻找文艺大众化的路径，以各自理解的方式在不同程度上实现了大众化。

解放区的文学大众化路径深受毛泽东思想的影响。1938年，毛泽东在《中国共产党在民族战争中的地位》中提出，要以"新鲜活泼的、为中国老百姓所喜闻乐见的中国作风和中国气派"代替空洞抽象的话语方式和教条主义。● 毛泽东提出"中国作风和中国气派"，主要是为了实现马克思主义的中国化，这个思想也给左翼作家的创作带来极大启发。不久之后，解放区作家展开了对于"民族形式"问题的讨论和实践。周扬、何其芳、萧三等解放区理论家和作家发表

● 毛泽东. 中国共产党在民族战争中的地位 [M] // 毛泽东选集（第2卷）. 北京：人民出版社，1991：534.

了多篇关于民族形式问题的文章。许多左翼作家将民间文艺形式作为民族形式的重要参考。1940 年，周扬发表《对旧形式利用在文学上的一个看法》一文。他在文章中指出，抗战政治宣传与大众启蒙需要大量的旧形式，所谓旧形式，指的是民间文艺形式，"如旧白话小说、唱本、民歌、民谣以至地方戏，连环画等""把民族的、民间的旧有艺术形式中的优良成分吸收到新文艺中来，给新文艺以清新刚健营养，使新文艺更加民族化、大众化，更为坚实与丰富"，通过这样的方式，可以创造"中国作风与中国气派"。❶周扬的观点代表了解放区左翼作家对民族形式问题的一般看法。1942 年，毛泽东在《讲话》中提出向工农兵学习，呼吁作家重视和学习民间"萌芽状态的文艺"，创造便于工农兵接受的文艺形式。《讲话》使解放区左翼作家更加重视对民间文艺形式的借鉴和运用。1940 年，国统区左翼作家也开展了关于民族形式问题的讨论，茅盾、郭沫若、胡风等人都发表了较具份量的文章。部分作家将民间文艺的形式作为民族形式的重要参考，部分作家将国外进步文艺、中国民间艺术、五四文学传统等作为创造民族形式的资源。国统区左翼作家中，郭沫若和胡风的观点可为代表。郭沫若提出了三种艺术合一的构想，即取民间形式的通俗性，取士大夫形式的艺术性，将两者进行综合之后，再加上外来形式，就成为中国新文艺的形式。❷胡风指出，在讨论民族形式问题时，要考虑新文艺的内容。为了反映"新民主主义的内容"的"民族的形式"，是国际的东西和民族的东西的矛盾和统一的、现实主义的合理的艺术表现。具体而言，就是要以五四传统为基础，借鉴国际左翼文学的经验，在此基础上把握民族的现实，以造成"为中国老百姓所喜闻乐见的中国作风与中国气派"。胡风还详细论述了民

---

❶ 周扬. 对旧形式利用在文学上的一个看法 [M] // 周扬文集（第 1 卷）. 北京：人民文学出版社，1984：295-302.

❷ 郭沫若. "民族形式"商兑 [J]. 大公报（重庆版），1940-06-09.

族形式中的语言问题，提出要以五四新文艺所使用的白话为基础，适当采用欧化语言，并以民间文艺和传统文艺中的部分词汇和语法为补充，由此创造"活的语言"。❶周扬、郭沫若、胡风等人对民族形式的讨论，是以毛泽东所提出的"中国作风和中国气派"为出发点和归宿的。总体上看，解放区理论家和作家倾向于从民间文学汲取营养；国统区作家中，郭沫若更看重民间文艺和传统文艺形式，胡风更看重五四现实主义文学和国外左翼文学资源，并且赞成语言上的部分欧化。

解放区许多左翼作家善于从民间文艺中汲取经验，赵树理是其中最为成功的一位。赵树理将自己定位为"文摊"文学家，他直言自己的小说主要是写给农民看的。他说："我写的东西，大部分是想写给农村中的识字人读，并且想通过他们介绍给不识字人听的，所以在写法上对传统的那一套照顾得多些。"❷赵树理以农民为最重要的读者群，自觉自愿地追求文学的大众化。他十分重视民间文学对于更新左翼文学形式的价值，他的许多小说都有着民间文学的印痕。如《小二黑结婚》借用民间故事中大故事套小故事的方式来组织情节，《李有才板话》将快板这种民间曲艺融入叙事之中。通过借鉴民间文学形式，赵树理将农村阶级斗争的故事讲得通俗易懂，妙趣横生，深受农民的欢迎。此外，李季将陕北民歌"信天游"的比兴手法引入《王贵与李香香》，阮章竞将漳河地区的民间小调引入《漳河水》，这两首诗成为解放区歌谣体左翼诗歌的代表。

解放区作家常常学习和借鉴农民新鲜活泼的口语和方言，并将经过提炼和加工的大众语言应用于文学作品中。赵树理小说的叙述语言大多是口语化的，农民很容易就能读懂、听懂。例如，《小二黑结婚》开头以讲故事的口吻写道：

---

❶ 胡风. 论民族形式问题 [M] // 胡风评论集（中）. 北京：人民文学出版社，1985：258-270.

❷ 赵树理.《三里湾》写作前后 [M] // 董大中. 赵树理全集·诗歌·文艺批评（第4卷）. 太原：北岳文艺出版社，2019：300.

"刘家峻有两个神仙，邻近各村无人不晓。"整篇小说就以这样通俗的话语娓娓道来，人物对话就像直接出自农民之口，生动活泼，惟妙惟肖。周立波的《暴风骤雨》中大量运用东北方言，丁玲的《太阳照在桑干河上》在语言的通俗化上也作了努力。李季的叙事诗《王贵与李香香》完全抛开了含蓄蕴藉的传统文人诗语言，全部采用爽脆俗白、朗朗上口的类似陕北民间口语的语言，诗中多是这样的句子："瞎子摸黑路难上难，穷汉就怕闹荒年。""玉米开花半中腰，王贵早把香香看中了。"口语方言的运用使这首诗的风格变得明白如话。对民间形式的巧妙运用，使解放区许多作品为百姓喜闻乐见，最典型的例子就是《小二黑结婚》。这部小说第一版由位于太行山区的华北新华书店出版，第二年即再版，再版印了两万册仍然供不应求。在中华人民共和国成立前，有十多个出版社出版了《小二黑结婚》，由此可知这部小说在大众中的受欢迎程度。

当然，并不是所有解放区作家都能得心应手地运用大众化的形式进行创作。在解放区颇负盛名的丁玲，运用大众化形式时常常给人别扭的感觉。丁玲成名于 20 世纪 20 年代，那时她擅长的是以心理分析的写法和欧化的语言描写知识分子的生活。20 世纪 40 年代，丁玲努力向通俗化的形式靠拢。《太阳照在桑干河上》就部分地借鉴了章回体小说的技法，也尽可能采用口语式语言和当地的方言俗语。但是，这部小说并没有完全摆脱丁玲曾经的语言习惯，部分地方将通俗的语言和新文艺腔夹杂在一起，显得不伦不类。例如，小说这样描写贫农侯忠全的期盼和辛劳："他开始还幻想着另打江山，发笔财回家。可是望不断的白云，走不尽的沙丘，月亮圆了又缺了，大雁飞去又飞回……"这样描写他的苦难："他不只劳动被剥削，连精神和感情都被欺骗的让吸血者俘虏了去。"前者将通俗的口语和诗意化的语言混杂在一起，后者就是完全的欧化语了。这样的语言形式较难获得大众的欣赏和认同。对于丁玲和其他许多解放区的作家来说，大众化是一个没有完全完成的课题。

国统区左翼文学的大众化不像解放区那样步调一致，作家们多是按照自己的理解进行文艺大众化试验。对于多数国统区左翼作家来说，文艺的大众化其实是语言的精准通畅，而非语言的通俗化和叙述的民间化，因此，他们多采用此前所形成的左翼文学传统形式，在此基础上进行锤炼和提升。以左翼老作家茅盾为例。茅盾写于此期的作品基本上延续了他本人20世纪30年代的创作风格，但在形式上更见锤炼之功。长篇小说《霜叶红似二月花》没有写完，从已写成的部分看，这部小说人物众多，结构巧妙，语言精练。散文《白杨礼赞》结构精巧却难掩自由的精神，语言精雅中蕴含着洒脱的情致，思想阔大深沉，行文摇曳多姿，是公认的经典之作。茅盾的小说和散文都继承了20世纪20年代至20世纪30年代所形成的知识分子式的精巧的结构和文雅的语言，又在此基础上有所提升，而与解放区所提倡的那种民间化、通俗化的文学形式判然有别。事实上，国统区大部分左翼作家采用的文学形式都来自此前形成的左翼文学传统。这样的形式是国统区作家所理解的"中国作风和中国气派"的另一种形态。七月派作家所采用的文学形式是一个例外。七月派作家大都接受了胡风的文艺思想。胡风对大众化的理解和解放区作家不同，他将欧化语言看成大众化路径之一种。胡风的形式观对七月派作家有着明显的影响。许多七月派作家以欧化的却富有表现力的语言描写战争和苦难，表现理想与热情。例如，绿原写于1944年的长诗《给天真的乐观主义者们》，就运用了奇特的意象、陌生化的手法、结构复杂的诗句、高深的名词和冷僻的典故。路翎的小说中则随处可见欧化的句式。七月派作家没有做到解放区作家所要求的"毫不留恋地抛弃那种用知识分子语言来表现的形式"。❶不过，在七月派作家看来，这样的语言才是大众化的语言，或者说，至少是创造民族形式的一种有效尝试。与解放区作家

---

❶ 黄修己. 赵树理研究资料 [M]. 太原：北岳文艺出版社，1985：201.

不同，胡风他们反对对大众艺术品位的迎合或俯就，而是期望借着民族的新生创造民族的"活的语言"，实现大众语言品质的整体提升，而创新民族语言的途径，就是以包括欧话语在内的多元的优秀的语言对大众口头语言进行记录、选炼和提高。❶ 20 世纪 40 年代，左翼作家大多勤奋而高产，不同区域和不同个性的作家带着对大众化内涵的不同理解，积极创作自己心中的大众化文学，他们的努力使 20 世纪 40 年代的左翼文学艺术显得多样而丰富，左翼文学的审美性由此得到实现。

20 世纪 40 年代是中国现代左翼文学发展的最后阶段，这个阶段对此前形成的左翼文学传统进行了改造、提升和总结，创新了左翼文学的内容和形式，形成了更加新颖多样的左翼文学，其中不变的，则是对思想和艺术的革命性追求。总之，20 世纪 40 年代承载了民族的危难，也孕育着民族的新生。生活和奋斗在这个时代的左翼作家与祖国和人民同呼吸、共命运。他们以笔为枪，积极投入人民的战争和革命之中，以有力的文字见证了时代的沧桑和新变，展现了时代的内涵和精神；这个多灾多难又充满生机的时代也丰富了左翼文学的题材内容，促进了左翼文学表现力的提升。从这个意义上说，这个时代和左翼文学实现了相互成全。

---

❶ 胡风. 论民族形式问题 [M] // 胡风评论集（中）. 北京：人民文学出版社，1985：270.

第七章

结 论

　　1923 年，面对国家积贫积弱的现状，郭沫若、郁达夫、邓中夏、恽代英等追求社会革命的作家和革命家开始倡导左翼文学。此后，他们积极引进国外左翼文学理论和文学作品，在此基础上创造属于中国的左翼文学。此后，在一批批左翼作家的共同努力下，左翼文学不断发展，最终蔚为大观。从 1923 年到 1949 年，左翼文学的发展呈现出明显的阶段性特征。

　　1923—1927 年属于左翼文学的萌生期。在这个阶段，早期左翼作家们怀着对社会革命的使命感积极倡导左翼文学，在理论上和创作实践上都做出了一定的成绩。他们对左翼文学的性质、功用、题材、作者等进行了初步界定，创作了一定数量的左翼诗歌、小说、散文。尽管此时左翼文学在理论上和创作上显得简单粗糙，从事左翼文学的作家也十分有限，但早期左翼文学活动及其成绩在左翼文学发展史上具有十分重要的意义，主要表现在：第一，早期左翼作家以助力社会革命为文学创作的初心，他们借着文学为生活在社会底层的人民大众呐喊，表现出强烈的社会责任意识和自我奉献的情怀，这样的意识和情怀构成了左翼文学最突出的思想传统；第二，早期左翼文学在艺术上尽管比较粗糙，但初步形成了大众化的审美品格，这种审美品格成为左翼文学最基本的艺术传统。总之，早期左翼文学的成绩为左翼文学的发展奠定了思想和艺术基础。

　　1928—1929 年，是左翼文学发展史上非常关键的两年。1927 年，由于大革命的失败，左翼文学有过短暂的沉寂期。不过，这段沉寂期很快就过去了，1928 年年初，左翼作家重整旗鼓，以更加坚决的态度从事左翼文学活动。在这短短的两年中，左翼作家数量激增，左翼书刊快速发展。相比于前一阶段，这个阶段的左翼为自己争取了更多的发言机会。他们通过组成社团和出版书刊，成功地凝聚了左翼作家，并且较为充分地表达了左翼文学思想，发表左翼文学创作，尤其重要的是，这个阶段左翼作家向鲁迅、茅盾等五四作家发难，挑起革命文学论争。通过论争，左翼作家进一步厘清了相关理论问题，扩大了影响，促成了左翼文学思潮的形成，确立了左翼文学的合法性。尤其值得指出的是，1929 年年末，论争双方握手言和，决定共同组成新的文学团体，这样的结果为左翼作家的大联合、左翼文学的大发展作好了准备。这个阶段，左翼作家继承了前一阶段的创作初心，仍然重视形式上的大众化，这个阶段的左翼作品数量大大增加，作品的题材内容日趋丰富，但在艺术上仍然较为粗糙。

1930 年 3 月 2 日，左联成立。左联时期，左翼文学的生存环境比之前更加严酷。当时的中国内外交困，外有日本帝国主义虎视眈眈，侵略中国领土，凌虐中国人民；内有南京国民政府大肆镇压左翼作家，查禁左翼书刊。左翼作家动辄得咎，鲁迅多次被政府当局通缉，丁玲曾经被南京国民政府关进监狱，柔石、殷夫、胡也频、李伟森、冯铿五位左翼作家甚至为革命事业献出了宝贵的生命。在这样严酷的环境中，左翼作家不改初心，一如既往地承担起社会革命和文学发展的使命。在他们的努力下，左翼文学蓬勃发展。

左联成功地团结了大量进步作家，其中，原先的太阳社、后期创造社、我们社、引擎社成员构成左联的中坚力量，柔石、张天翼、沙汀、艾芜等青年作家是左联的新鲜血液，鲁迅、茅盾这两位现代文学大家为左翼文学的理论和创作提供了示范，他们二人在左联时期勤于写作，二人的作品分别代表了 20 世纪 30 年代左翼杂文和左翼小说的最高成就。左联是 20 世纪 30 年代最大的文学团体，这个团体团结了众多优秀作家，并且吸引和鼓励了不少非盟员投入左翼文学之中，例如，萧军和萧红，他们尽管没有加入左联，却与不少左联盟员交好，积极进行左翼文学创作。在左联的组织和影响之下，这个阶段的左翼文论建设和文学创作呈现出强劲的发展势头，左翼文学也成为 20 世纪 30 年代的文学主潮。左联长期影响文学的发展方向。左联培养了大量左翼作家，不少左联盟员在 20 世纪 40 年代文学场上依然发挥着重要作用，如茅盾、郭沫若、胡风、丁玲、周立波、周扬、夏衍、田汉、徐懋庸、艾青、张天翼等，左翼文学因他们的持续努力得以延续和发展。值得指出的是，左联时期左翼文学的艺术性得到极大提升，出现了较多高质量作品，除了鲁迅的杂文和茅盾的小说这样极富艺术性和个性的作品，徐懋庸、唐弢的杂文，丁玲、萧军、萧红的小说，田汉、洪深的戏剧，艾青的诗歌都是左翼文学的重要收获。

1937—1949 年，中国社会几乎一直处于全面战争的状态。在战争环境中，大量左翼作家以笔为枪，和中国军民一起经受战争的磨难和考验，一起为国家和民族的新生贡献力量。这一时期，左翼文学继续发展并且呈现出新特征。在文学创作上，左翼文学积极呼应中国共产党及其军队的土地革命、抗日战争和解放斗争，以之作为左翼文学的题材。在文论建设上，在左翼文学以往的服务对象工农大众之外，毛泽东提出了新的服务对象，即中国共产党领导的人民军队，凸显了战争时代文学的新功用。毛泽东还回答了文学如何为工农兵服务、文学批评标准等重要问题，为左翼文学在这个特定时代的发展指明了方向。胡风的文论建设主要是关于左翼文学的创作原则和实践道路的问题，他提出"革命现实主义"文论，并以"主观战斗精神"论和"精神奴役的创伤"说支撑和丰富自己的现实主义文论。胡风的文论建设丰富和深化了左翼文论的内涵。

左翼文学的发展过程，也是左翼作家的成长过程。左翼作家崛起于民族危亡的关头。他们怀着强烈的使命担当意识，为了底层人民的解放和国家、民族的新生而成为左翼作家，自觉自愿地以文学支持社会革命，与反动政府和封建地主阶级、资产阶级对抗。左翼作家喜欢以"太阳""火把"来比喻自己的事业，这样的比喻确实道出了他们对左翼文学的期许：成为照亮社会、温暖民众的光与热。事实上，中国左翼作家及其作品是有温度的，这种温度体现在两个方面，一是自身的反抗精神，二是对被侮辱与被损害的底层民众的关怀。左翼作家追求公平正义，常常以文字或实际行动与南京国民政府的高压政治、封建地主阶级、资产阶级、日本侵略者等压迫人、剥削人、奴役人的力量相抗争，他们的作品也因此洋溢着凛然正气。左翼作家对底层民众有着特别的关切，他们能够以同情之心理解底层人的痛苦无助，也能够以欣赏的眼光发现底层人的革命力量。基于这样的关怀，左翼作家所着力刻画的，是受尽磨难却不失反抗性的普通民众。这样的温度使左翼文学作品中充盈着爱、美与生的希望。

左翼作家一向重视文学与时代的关系。他们敏锐地感受并积极参与真实而复杂的社会生活，以有温度的文字呼应着时代革命的要求。左翼作家为革命而奋斗的热情与勇气，左翼作品中充盈的爱、美与生的希望，都在确证这一点，即：由时代催生、随时代发展的左翼文学无愧于这个灾难深重却无比伟大的时代。

参考文献
REFERENCES

一、作家文集及研究资料

[1] 阿英. 阿英全集 [M]. 合肥：安徽教育出版社，2003—2006.。

[2] 成仿吾. 成仿吾文集 [M]. 济南：山东大学出版社，1985.

[3] 丁玲. 丁玲全集 [M]. 石家庄：河北人民出版社，2001.

[4] 冯乃超. 冯乃超文集 [M]. 广州：中山大学出版社，1986—1991.

[5] 冯雪峰. 冯雪峰全集 [M]. 北京：人民文学出版社，2016.

[6] 郭沫若. 郭沫若全集·文学编 [M]. 北京：人民文学出版社，1982—1992.

[7] 郭沫若. 郭沫若诗集 [M]. 厦门：鹭江出版社，2010.

[8] 胡风. 胡风全集 [M]. 湖北人民出版社，1999.

[9] 胡适. 胡适留学日记 [M]. 合肥：安徽教育出版社，2006.

[10] 蒋光慈. 蒋光慈全集 [M]. 合肥：合肥工业大学出版社，2017.

[11] 鲁迅. 鲁迅全集 [M]. 北京：人民文学出版社，2005.

[12] 鲁迅. 鲁迅译文集（第 6 卷）[M]. 北京：人民文学出版社，1958.

[13] 茅盾. 茅盾全集 [M]. 北京：人民文学出版社，1984—2004.

[14] 茅盾. 我走过的道路：上、中册 [M]. 北京：人民文学出版社，1981.

[15] 瞿秋白. 瞿秋白文集·文学篇 [M]. 北京：人民文学出版社，1986.

[16] 瞿秋白. 瞿秋白自传 [M]. 南京：江苏文艺出版社，1996.

[17] 沙汀. 沙汀文集 [M]. 成都：四川文艺出版社，2017.

[18] 孙犁. 孙犁全集 [M]. 北京：人民文学出版社，2004.

[19] 夏衍. 夏衍自传 [M]. 南京：江苏文艺出版社，1996.

[20] 夏衍. 懒寻旧梦录 [M]. 北京：生活·读书·新知三联书店，1985.

[21] 徐懋庸. 徐懋庸回忆录 [M]. 北京：人民文学出版社，1982.

[22] 阳翰笙. 风雨五十年 [M]. 北京：人民文学出版社，1986.

[23] 赵树理. 赵树理全集 [M]. 太原：北岳文艺出版社，2018.

[24] 郑伯奇. 郑伯奇文集 [M]. 北京：人民文学出版社，1988.

[25] 周立波. 周立波文集 [M]. 上海：上海文艺出版社出版，1981.

[26] 周扬. 周扬文集 [M]. 北京：人民文学出版社，1984—1994.

[27] 周作人. 周作人文类编 [M]. 长沙：湖南文艺出版社，1998.

[28] 陈坚，陈抗. 夏衍传 [M]. 北京：北京十月文艺出版社，1998.

[29] 陈瘦竹. 左翼文艺运动史料 [M]. 南京：南京大学学报编辑部，1980.

[30] 陈贤茂. 洪灵菲传 [M]. 上海：学林出版社，1989.

[31] 方铭. 蒋光慈研究资料 [M]. 银川：宁夏人民出版社，1983.

[32] 黄修己. 赵树理研究资料 [M]. 太原：北岳文艺出版社，1985.

[33] 余飘，李洪程. 成仿吾传 [M]. 北京：当代中国出版社，1997.

[34] 刘小清. 红色狂飙——左联实录 [M]. 北京：人民文学出版社，2004.

[35] 马良春，张大明. 三十年代左翼文艺资料选编 [M]. 成都：四川人民出版社，1980.

[36] 梅志. 胡风传 [M]. 北京：北京十月文艺出版社，1998.

[37] 上海社会科学院文学研究所. 三十年代在上海的"左联"作家 [M]. 上海：上海社会科学院出版社，1988.

[38] 文振庭. 文艺大众化问题讨论资料 [M]. 上海：上海文艺出版社，1987.

[39] 饶鸿竞，吴宏聪，王佩娟，等. 创造社资料 [M]. 福州：福建人民出版社，1985.

[40] 吴似鸿 . 我与蒋光慈 [M]. 南宁 : 广西教育出版社，1992.

[41] 中国社会科学院文学研究所《左联回忆录》编辑组编 . 左联回忆录 [M]. 北京 : 中国社会科学出版社，1982.

[42] 中国社会科学院文学研究所现代文学研究室 . "革命文学"论争资料选编 : 上、下卷 [M]. 北京 : 人民文学出版社，1981.

二、专著

[1] 阿尔都塞 . 哲学与政治——阿尔都塞读本 [M]. 长春 : 吉林人民出版社，2003.

[2] 艾晓明 . 中国左翼文学思潮探源 [M]. 长沙 : 湖南文艺出版社，2007.

[3] 安敏成 . 现实主义的限制——革命时代的中国小说 [M]. 姜涛，译 . 南京 : 江苏人民出版社，2011.

[4] 陈方竞 . 鲁迅与浙东文化 [M]. 长春 : 吉林大学出版社，1999.

[5] 陈红旗 . 中国左翼文学的发生 : 1923—1933[M]. 广州 : 暨南大学出版社，2010.

[6] 陈建华 . "革命"的现代性——中国革命话语考论 [M]. 上海 : 上海古籍出版社，2000.

[7] 陈敬之 . 三十年代文坛与左翼作家联盟 [M]. 台北 : 成文出版社，1980.

[8] 程凯 . 革命的张力——"大革命"前后新文学知识分子的历史处境与思想诉求（1924—1930）[M]. 北京 : 北京大学出版社，2014.

[9] 黄淳浩 . 创造社 : 别求新声于异邦 [M]. 北京 : 中国社会科学文献出版社，1995.

[10] 贾振勇 . 理性与革命——中国左翼文学的文化阐释 [M]. 北京 : 人民出版社，2009.

[11] 贾植芳 . 中国现代文学社团流派（上、下册）[M]. 南京 : 江苏教育出版社，1989.

[12] 旷新年 . 1928 : 革命文学 [M]. 北京 : 人民文学出版社，2017.

[13] 李何林 . 近二十年中国文艺思潮论 [M]. 西安 : 陕西人民出版社，1981.

[14] 林伟民 . 中国左翼文学思潮 [M]. 上海 : 华东师范大学出版社，2005.

[15] 刘炎生 . 中国现代文学论争史 [M]. 广州 : 广东人民出版社，1999.

[16] 吕西安·戈德曼. 文学社会学方法论 [M]. 段毅，刘宏宝，译. 北京：工人出版社，1989.

[17] 毛泽东. 毛泽东选集 [M]. 北京：人民出版社，1991.

[18] 许宝强，袁伟. 语言与翻译中的政治 [M]. 北京：中央编译出版社，2001.

[19] 倪伟. 民族想象与国家统制 [M]. 上海：上海教育出版社，2003.

[20] 皮埃尔·布尔迪厄. 文化资本与社会炼金术——布尔迪厄访谈录 [M]. 包亚明，译. 上海：上海人民出版社，1997.

[21] 皮埃尔·布迪厄. 艺术的法则：文学场的生成和结构 [M]. 刘晖，译. 北京：中央编译出版社，2001.

[22] 钱理群，温儒敏，吴福辉. 中国现代文学三十年 [M]. 北京：北京大学出版社，1998.

[23] 秦艳华. 现代出版与二十世纪三十年代文学 [M]. 济南：山东人民出版社，2008.

[24] 司马长风. 中国新文学史 [M]. 香港：昭明出版有限公司，1980.

[25] 唐小兵. 再解读：大众文艺和意识形态 [M]. 香港：牛津大学出版社，1993.

[26] 汪晖. 现代中国思想的兴起 [M]. 北京：北京：生活·读书·新知三联书店，2004.

[27] 王本朝. 中国现代文学制度研究 [M]. 重庆：西南师范大学出版社，2002.

[28] 王德威. 想象中国的方法：历史·小说·叙事 [M]. 北京：生活·读书·新知三联书店，1998.

[29] 王宏志. 思想激流下的中国命运——鲁迅与"左联" [M]. 台北：风云时代出版公司，1991.

[30] 王锡荣. "左联"与左翼文学运动 [M]. 上海：上海人民出版社，2016.

[31] 王晓明. 二十世纪中国文学史论 [M]. 上海：东方出版中心，1997.

[32] 夏志清. 中国现代小说史 [M]. 台北：传记文学出版社，1991.

[33] 严家炎. 论现代小说与文艺思潮 [M]. 长沙：湖南人民出版社，1987.

[34] 杨胜刚. 中国共产党的政治实践与左翼文学 [M]. 北京：当代中国出版社，2016.

[35] 杨义．中国现代小说史 [M]．北京：人民文学出版社，1986．

[36] 应国靖．现代文学期刊漫话 [M]．广州：花城出版社，1986．

[37] 余虹．革命审美解构——20 世纪中国文学理论的现代性与后现代性 [M]．桂林：广西师范大学出版社，2001．

[38] 张大明．中国左翼文学编年史 [M]．北京：社会科学文献出版社，2013．

[39] 张广海．左联筹建与组织系统考论 [M]．杭州：浙江大学出版社，2018．

[40] 周行之．鲁迅与"左联" [M]．台北：文史哲出版社，1991．

[41] 邹话，许志英．中国现代文学主潮 [M]．福州：福建教育出版社，2001．

[42] 左文．非常传媒——左翼期刊研究 [M]．北京：北京出版社，2010．

[43] 朱晓进．政治文化与中国 20 世纪 30 年代文学 [M]．北京：人民出版社，2006．

[44] 朱晓进，等．非文学的世纪——20 世纪中国文学与政治文化关系史论 [M]．南京：南京师范大学出版社，2004．

三、论文

[1] 陈国恩，陈昶．从"游民"到左翼作家——论艾芜 20 世纪 30 年代的创作 [J]．江汉论坛，2013（4）．

[2] 范军，刘晓嘉．生活史视域下的左翼文学出版 [J]．现代出版，2022（6）．

[3] 高山．左翼文学论争与左翼作家的主体建构 [J]．连云港师范高等专科学校学报，2016（4）．

[4] 黄曼君．中国现代文学流派论 [J]．海南师院学报，1995（4）．

[5] 姜涛．《还乡记》与沙汀 20 世纪 40 年代中期的文学调整——兼及国统区现实主义文学可能的路径 [J]．中国现代文学研究丛刊，2022（8）．

[6] 田丰．左翼乡土小说家庭伦理视阈下的革命想象 [J]．文艺争鸣，2015（11）．

[7] 汤灿．《创造月刊》1926—1929——创造社文化特征的转换与中国的文化创造 [D]．汕头：汕头大学，2008．

[8] 王本朝. 闲适与尚力：中国现代审美价值的裂变——20世纪30年代论语派与左翼文学论争的美学意义 [J]. 贵州社会科学，2009（12）.

[9] 王寰鹏. 左翼到抗战：文学英雄叙事的当代阐释 [D]. 济南：山东师范大学，2005.

[10] 王嘉良. 地域文化视野中的左翼话语——浙东左翼作家群论 [J]. 文学评论，2006（6）.

[11] 王锡荣. 延安文学与左翼文学 [J]. 华夏文化论坛，2022（27）.

[12] 王学振. 左翼作家的抗战书写——以空袭题材为例 [J]. 海南师范大学学报（社会科学版），2015（8）.

[13] 王逸凡. 现实主义：广阔道路亦或崎岖险径——20世纪40年代末胡风的理论探索及其历史张力 [J]. 中国现代文学研究丛刊，2021（11）.

[14] 杨洪承. "公共空间"与文学社群关系——20世纪中国现代文学社团流派研究的再思考 [J]. 文学评论，2011（6）.

[15] 杨洪承. 五四时代与现代中国革命文学的起源——以陈独秀、李大钊、张闻天、恽代英等现代作家为例 [J]. 学术界，2019（5）.

[16] 杨义. 流派研究的方法论及其当代价值 [J]. 海南师范学院学报，2001（5）.

[17] 余荣虎. "乡土文学"是如何消失的？——论20世纪40年代左翼文坛对"乡土文学"的再选择 [J]. 文史哲，2010（3）.

[18] 张晶. 社会革命思想中的"革命文学"论——以早期共产党人为中心的考察 [J]. 中国现代文学研究丛刊，2019（10）.

[19] 朱德发. 新文学流派研究的社会学方法 [J]. 文学评论，1996（4）.

[20] 朱晓进. 政治文化心理与三十年代文学 [J]. 文学评论，2000（1）.

[21] 朱晓进. 论三十年代文学杂志 [J]. 南京师大学报》（社会科学版），1999（3）.

[22] 朱晓进. 政治化思维与三十年代中国文学论争 [J]. 中国社会科学，2002（6）.

附 录
APPENDIX

1.《新青年》(季刊)，1923 年 6 月 15 日创刊。

2.《中国青年》，1923 年 10 月 20 日创刊。

3.《创造月刊》，1926 年 3 月 16 日创刊。

4.《太阳月刊》，1928 年 1 月 1 日创刊。

5.《文化批判》，1928 年 1 月 15 日创刊。

6.《流沙》，1928 年 3 月 15 日创刊。

7.《我们月刊》，1928 年 5 月 20 日创刊。

8.《大众文艺》，1928 年 9 月 20 日创刊。

9.《时代文艺》，1928 年 10 月 1 日创刊。

10.《海风周报》，1929 年 1 月 1 日创刊。

11.《新流月报》，1929 年 3 月 1 日创刊。

12.《引擎》，1929 年 5 月 15 日创刊。

13.《萌芽月刊》，1930 年 1 月 1 日创刊。

14.《拓荒者》，1930 年 1 月 10 日创刊。

15.《巴尔底山》，1930 年 4 月 11 日创刊。

16.《前哨》-《文学导报》，1931 年 4 月 25 日创刊。

17.《北斗》，1931 年 9 月 20 日创刊。

18.《文学月报》，1932 年 6 月 10 日创刊。

19.《论语》，1932 年 9 月 16 日创刊。

20.《人间世》，1934 年 4 月 5 日创刊。

21.《太白》，1934 年 9 月 20 日创刊。

22.《宇宙风》，1935 年 9 月 16 日创刊。

23.《七月》，1937 年 9 月 11 日创刊。

24.《文艺阵地》1938 年 4 月 16 日创刊。

25.《鲁迅风》，1939 年 1 月 11 日创刊。

26.《文艺战线》，1939 年 2 月 16 日创刊。

27.《中国文化》，1940 年 2 月 15 日创刊。

28.《希望》，1945 年 1 月创刊。

29.《解放日报》，1941 年 5 月 16 日创办。

30.《文化报》，1947 年 5 月 4 日创办。

后 记
POSTSCRIPT

　　轻轻敲下本书最后一个字。窗外和风轻拂，阳光灿烂，早开的红玉兰传递着春的消息。此时此刻，我内心深处是完成任务后的轻松，是与自己和解后的释然，是享受世间美景时的愉悦。

　　这本书酝酿了五年。五年前，我立项了江西省社科规划课题，当时信心满满，想要扎扎实实地做一番左翼文学研究工作。我读研究生时主要做中国现代文学流派研究，硕士、博士论文都是关于论语派的。在论语派研究过程中，接触到较多左翼文学史料，当时就对左翼文学研究产生了兴趣，也收集了部分资料，后来就申报了左翼文学相关课题。然而，课题立项后，由于种种原因，我的研究工作一直踌躇不前，好几次都觉得无法完成了，是领导、家人、朋友的鼓励让我坚持下来。为此，我要感谢许多人，没有他们的鼓励、催促，甚至批评，就不会有这本书，就会错过心中的春日春风。

　　在这本书的写作过程中，我收获甚多。通过阅读原始文献和前人研究成果，我对中国左翼文学的思想和艺术特征有了深入的了解，对左翼作家伤时忧国、奋勇向前的精神有了切实的体会；通过书稿的写作与修改，我的学术能力也得到了锻炼；更重要的是，通过书稿写作，我重建了自信，并对未来的研究有了进一步的规划。这本书与自己的预期还有不少距离，希望将来能够弥补。

　　本书是江西省社会科学规划项目中国左翼文学的演进过程研究（1923—

1949）（编号：17WX16）的阶段性成果。本书的出版得到南昌师范学院文学院中国语言文学一级学科建设经费的资助，在此向学校、科研处、文学院领导表示衷心的感谢。本书的写作和出版得到知识产权出版社的热心帮助和大力支持，在此一并致谢。

俞王毛

2023 年 2 月 1 日于南昌